終わらない微熱
「皓、介さ……ん……」

懇願を含む声に、皓介は涼しい顔で返した。

「ここは、嫌なんだろう?」

「違……」

景は泣きそうな顔で——実際に目をひどく潤ませて、
皓介を見つめてきた。

「じゃあ、どうしてほしいんだ?」

終わらない微熱

きたざわ尋子

13173

角川ルビー文庫

目次

イラスト／陸裕千景子

1

同じような夢が繰《く》り返されていた。

夢の中で水橋景《みずはしけい》は帰るはずもない実家にいて、自分の部屋にいる。

窓を塞《ふさ》がれた部屋はドアにも鍵《かぎ》が掛《か》かっていて、首に枷《かせ》をはめられた景は、逃《に》げられないように拘束《こうそく》されているのだ。

中学生のときに出たきり戻《もど》ったことはないはずなのに、景は今の姿をしている。

血の繋《つな》がらない同じ年の弟も、その頃の姿ではなく間もなく二十歳《はたち》になろうかという男の姿だった。

ただし、顔はよく見えない。

現在の顔を知らないのだから、再現のしようがないのだろう。

顔だけがよくわからない、だが身体《からだ》は景よりも遥《はる》かに大きい青年がそこにいた。

腕《うで》の長さも太さも、肩《かた》の幅《はば》も胸の厚さも、何もかもが景を上回っている。

景の身体を抱《だ》き込んでしまうと、その中にすっぽりと収まってしまうほどに。どんなにもがいても、逃げられないほどに。

いつも声は聞こえない。なのに、音だけが聞こえてくる。

じゃらり、と鎖《くさり》が鳴っていた。

景は自分では何もできなかった。人形のように服を着せられ、脱《ぬ》がされて、おもちゃのようにいじりまわされる。

弟が何か言いながらのし掛かってくるというのに、景はろくに身動きも取れず、弱々しくもがくことしかできない。

（あっ……あぁ……）

触《ふ》れる指や舌は、愛撫《あいぶ》の動きで景を嬲《なぶ》る。

身体中をいじられて、景は声にならない声を上げた。

たまらなく嫌《いや》なのに感じてしまっている自分――。

恋人《こいびと》にしか許していないはずのところを、暴かれ、奪《うば》われて、嫌だと泣きながらもどうしようもない快感に苛《さいな》まれた。

やがてあっけなく身体を開かされる。

中に入ってくる感触《かんしょく》までもが生々しく再現された。おそらくそれは、恋人とのセックスによる記憶《きおく》がもたらすものなのだろうけれども。

抵抗《ていこう》はまったくといっていいほどできなかった。

ぎしぎしとベッドが鳴って、結合の生々しい音が聞こえた。

身体が思う通りに動かないはずなのに、景は腰《こし》を振《ふ》っている。

抱かれる快楽に溺《おぼ》れていた。

嫌だと思っているはずなのに——。

声は聞こえない。景は聞こえない嬌声《きょうせい》を上げながら、心の中でだけ恋人の名前を呼び、助けを求めていた。

「っ……」

声にならない悲鳴を上げて、景は飛び起きた。

息は乱れ、嫌な汗《あせ》をかいていた。

隣《となり》で眠《ねむ》っているはずの恋人の姿はなく、広いベッドで景は一人だった。

（ああ……）

そうか。だから、またあんな夢を見たのだ。

景を抱いてくれる人が、隣にいないから。抱かれた感触が色濃《いろこ》く残る中で、一人きりにされてしまったから。

寝室《しんしつ》の密閉された空気には、官能の名残《なごり》がまだ漂《ただよ》っている気がした。濃密《のうみつ》で、どこか甘い、とろりとした空気だ。

景の身体の奥にも、まだ恋人の放ったものが残っている。

シャワーの音がしていた。

時計を見て、景はまだ日付が変わったばかりだということを知った。

抱かれて、絶頂の中で意識が飛んでしまって、そのまま浅い眠りに入ってしまったらしい。

身体は汗と精液で汚《よご》れたままだった。

(大丈夫《だいじょうぶ》だ……)

自分に言い聞かせて、深呼吸をした。

ここは、数ヶ月前から景が暮らしているホテルで、シャワーを浴びているのは誰《だれ》よりも好きな人で、だから景を抱いたのも、彼だ。

間違《まちが》いない。

あれは夢なのだから。

現実に起こったことじゃない。かつて弟に組み敷《し》かれ、身体をいじられはしたが、犯《おか》されてはいなかった。

景が都合のいい思いこみをしているわけじゃないのだ。

だが夢から覚めるたびに、確認《かくにん》せずにはいられなかった。それくらいに、今のこの状態は景にとって「夢のような」ことだったから。

ぼんやりと、そのまま動けずにいると、やがてシャワーの音が止まった。

景はバスルームのほうへと目を向け、ドアが開くのを緊張《きんちょう》しながら待っていた。

静かにドアが開く。バスローブを着て出てきた長身の男は、間違いなく景が愛する男の姿だった。

全身の力が抜《ぬ》けた。

「なんだ、起きたのか？」

「……うん」

「どうした？」

様子が違《ちが》うのに気づいたらしく、景の恋人——樋口皓介《ひぐちこうすけ》はベッドサイドに腰かけ、抑《おさ》えていた明かりを強くして、顔を覗《のぞ》き込んできた。

肩に置かれた手の温かさが、素肌《すはだ》から染《し》みこんできた。

「ちょっと……夢を見て……」

「どんな？　嫌な夢か？」

低くて甘い声に、ひどく安心する。

「……怖《こわ》い夢。覚えて……ないけど」

景は目を閉じて、皓介の肩に顔を埋《うず》めた。

本当のことは言いたくなかった。

幸いにして、皓介が繰り返し夢にうなされる景に気づいている様子はない。彼がいないときにしか見ないのだから当然だ。あの夢を見始めたのは最近のことだし、平日は眠っている景を残して皓介が仕事に出てしまうからだった。

夢には願望が表れることもあるという。景が皓介以外に抱かれたがっているなんてことは断じてないが、皓介もそう思ってくれるだろうか。

恐《おそ》れがああいう形になって表れているだけなのだと、わかってくれるだろうか。

自信はまったくなかった。

そして皓介を信じきれない自分が嫌だった。

愛してくれていると思うし、大事にもしてくれている。今は彼の気持ちを疑っているわけじゃなかった。

だが、気持ちを打ち明けられたのはつい数ヶ月前のことだ。好きになり始めて日が浅いから、たいていのことは許されているのかもしれない。昔の記憶が、皓介の目を甘くさせているのかもしれない。

先のことは、少しも自信を持てなかった。

「子供みたいだな」

笑《え》みを含《ふく》んだ声が耳元で響《ひび》く。

この声を、ずっと聞いていたい。こうして耳元で、囁《ささや》かれていたい。

皓介を失いたくなかった。

「もう、二十歳だよ……」

「そうだな」

法律上で、大人になる日まではもう少しだ。

早くその日が来てほしかった。それで弟の影《かげ》が消えるわけではないけれど、自由になれる日だという思いはとても強い。

無意識に首に手をやった。首にはめられていた枷《かせ》は、もちろん物理的にはない。

だが確かに、ここにはそれがあるのだ。

誕生日をすぎたら、あの夢を見なくなるだろうか。見えない枷が、永遠に消えてなくなるだろうか。

景は両の腕《うで》で、皓介の首にしがみついた。

「甘えてるのか？」

「……たぶんね」

甘えるのは、あまり上手《うま》くない。頼《たよ》るという意味ではずいぶんと甘えているだろうが、恋人として……となると難しい。

だが今はためらいがなかった。

「朝まで……このままがいい」

「シャワーは浴びないのか？　それとも、俺と一緒《いっしょ》がいいのか？」

「どっちでもいい」

皓介が触れていてくれるならば、本当にどちらでもいいのだ。

「じゃあ……続きをしようか」

「……うん」

このまま、という言葉の中にはセックスの意味が含まれていた。

腕に抱《だ》かれて眠るより、あの夢を忘れるくらいに抱いてもらって、熱を分けあって、溶《と》けてしまうほうがいいんじゃないかとも思えた。

「せっかく、なけなしの自制心を働かせていたってのにな」

くすりと笑みをこぼし、皓介は景を横たえると、身体《からだ》のラインに沿って指を滑《すべ》らせ、ゆっくりと下へ向かわせた。

「ん……」

小さく声を上げ、景は皓介の腕の中で震《ふる》えた。

指はさらに移動していき、肉付きの薄《うす》い腰《こし》から最も奥へと触《ふ》れていく。

「あっ、ぁ……」

指先は焦《じ》らすように入り口を撫《な》でるばかりで、なかなか入ってこようとしない。

早く、皓介の指を感じたいのに。長い彼の指をこの身体で感じて、あんな夢なんて払拭《ふっしょく》してしまいたいのに。

焦《あせ》る気持ちが伝わるのか、こんなときに限って与《あた》えてもらえない。

「皓介……さん……」

「時間はたっぷりあるぞ。朝まで、だろうが？」

意地悪は今に始まったことじゃない。優《やさ》しい恋人《こいびと》は、しかしながらそれだけではなくて、セックスのときはやけに景をいじめたがる。

景は皓介にしがみついたまま、かぶりを振《ふ》った。

「入れてほしいのか？」

頷《うなず》くと、耳にキスをされた。

「あっ……ぁん…」

指が抵抗《ていこう》をかき分けて、潜《もぐ》り込んでくる。

身体に馴染《なじ》んだ指だった。

探《さぐ》るように動き、旋回《せんかい》するように中をかきまわされ、景は甘い声を放ちながら、嫌《いや》な夢の後味を薄れさせていく。

皓介だけだ。

この身体に触れるのは、好きでたまらないこの男だけ。

そう確信しながら、景は快感の中に落ちていった。

2

「支度《したく》はできたか？」

ドアを開けて、景の部屋になっているツインルームを覗くと、すっかり身支度を整えて彼は皓介を振り返った。

景が身に着けたのは、オフホワイトのシャツにブラックジーンズ、そしてブルーグレイのジャケットだった。

さんざん迷った末のセレクトだ。

線の細い身体に、それらはよく似合っていた。地味すぎず派手すぎず、砕《くだ》けすぎてもいないし、堅《かた》くもない。

彼は軽く顎《あご》を引いた。

「まぁ、いいんじゃないか。アルバイトの大学生にしか見えないけどな」

そう言う皓介は、スーツを身に着けている。まだ二十代だが、人を使う人間の風格というものがあった。

「その通りだろ」

「契約《けいやく》社員、だ」

「……別にいいけど」

ふっと嘆息《たんそく》する顔を、皓介はまじまじと見つめる。

いつ見ても、綺麗《きれい》な顔だった。

印象的なのはまずその目だった。

誰《だれ》かが神経を使って、細部にまで気をつけてこの形を理想にして仕上げ、美しい貴石を探してはめこんだような瞳《ひとみ》。

長いまつげに縁取《ふちど》られ、今は瞳に影を作っている。

白い肌《はだ》に、男にしては細い顎。柔《やわ》らかそうな唇《くちびる》に、すっと通った鼻筋。繊細《せんさい》そうで、どこか寂《さび》しげな美貌《びぼう》だった。

まして好みという問題が加わっているのだから、皓介にとって、これ以上の顔立ちは存在しないといっていい。

おまけに雰囲気《ふんいき》も印象的だ。とてもまだ十代とは思えないほどの色気があるのだ。ぼんやりとしていることも多いのだが、それがやけに憂《うれ》いを帯びて見えるし、皓介に抱かれるようになってから、景はぞくりとするほど艶《なま》めかしくなった。

その気もない男だって、その気にさせられそうだ。

以前に比べれば格段に表情を変えるようになった景は、自分の格好を見てから、再び皓介を見つめた。

「人と会うために服を選ぶなんて初めてだ」

何気なく告げられた言葉に、皓介は眉根《まゆね》を寄せた。

「ここへ来たときは選ばなかったのか？」

言いながら、景がここへ来たときの服装を思い出してみた。

ダンガリーシャツにジーンズという、普段着《ふだんぎ》だったように思う。改まっていたようにも思えなかった。

「あのときは、それどころじゃなかったんだ」

ちらりと皓介を見て、景は言い訳のように呟《つぶや》いた。

「何が」

「……皓介さんに会うんだと思ったら、緊張《きんちょう》して前の日はよく眠《ねむ》れなくて……。服で悩《なや》む余裕《よゆう》なんてなかった」

憧《あこが》れの人だったんだから、と景はふてくされたように続ける。

景が九歳のときに生まれた幼い憧れ――。恋とも呼べるそれは、会わないでいた十年の間も、色あせることなく育っていたらしい。

景は盲目《もうもく》的な想《おも》いを皓介に向けてくる。

「楽しみにしてたのか？」

「幻想《げんそう》は打ち砕かれたけどね」

憎《にく》まれ口を叩《たた》きながらも、現実に景は今でも気持ちを変えていない。好きだと、言葉ではなく視線や態度で伝えてくるのだ。

疑いようもないほどに。

「ベタ惚《ぼ》れなんだろ？」

「……そうだよ」

あっさりと肯定《こうてい》が返ってくる。ここで張るような類《たぐい》の意地は、持っていないのだ。景が意地を張るとすれば、それはもっと別のところでだろう。

景はまだ、自分の格好を気にしていた。

「おおげさに考えることはないぞ」

「知らない人に会うのは緊張するんだ」

この五年、ほとんど人に会わなかったのだから、なおさらだろう。そもそも外へ出ること自体がなかったそうだから。

ここへ来てからも、大差はなかった。人目を避《さ》けるためという理由もあるし、そもそも用事がないという理由もあった。外へ出るのは、皓介の知り合いのところで食事をするときだけなのだ。

だがそれも、もう終わる。

誕生日は明後日《あさって》だ。

その日になれば、景は成人する。仮に実家の者に居場所が知られても、景は自分の居場所を自分で決めることができるのだ。

景がずっと待ち望んでいた日――。

今は皓介もそれを待っている。

恋人《こいびと》の誕生日をこんなに待ち遠しいと思ったのは初めてだった。

先に入っていく皓介に続いて、景は事務所へと足を踏《ふ》み入れた。

「おはようございます」

すでに出社していた朝見《あさみ》静香《しずか》が、にっこりと笑いながら挨拶《あいさつ》をし、すぐに視線を景へと向けてきた。

もちろん事前に話してあるというし、皓介曰《いわ》く、快く納得《なっとく》したそうだが、上手《うま》くやっていけるのかという問題はまた別だ。

実際に彼女は、いろいろと景のことを聞きたがったという。

皓介は景を前へと押しやり、後ろから肩《かた》に手を置いて言った。

「景、おまえの先輩《せんぱい》になる朝見だ。仕事を教えてもらえ」

「水橋景です。よろしくお願いします」

頭を下げると、静香も同じように頭を下げた。

「朝見静香です。こちらこそ、よろしく」

笑顔《えがお》が綺麗な女性だと、最初に思った。

肩よりも少し長くした髪《かみ》は明るめのブラウンで、メイクでごまかしたわけじゃない綺麗な顔をしていた。

したたかさと柔らかさを備え、はつらつとした印象を持っている。覇気《はき》がないと自覚している景にとっては、まぶしいほどの存在感だった。

顔を上げた彼女は、景の顔を見て、ふふ……と口元をほころばせた。

「なんだ、気持ち悪いな」

「だって後輩《こうはい》ができたんだもの。それは嬉《うれ》しいですよ。今まで、上司と一対一だったんですからね」

「不満があったのか？」

「やっぱり上司への愚痴《ぐち》を言い合う相手がほしいじゃないですか」

冗談《じょうだん》とも本気ともつかない調子で静香は笑う。

どう取っていいものか判断しあぐねて、ちらちらと視線を皓介に送った。

静香と皓介がどういった人間関係を築いているのか、景はまったく知らないのだ。ただ女性社員が一人いると、さばさばした女性なのだということを教えられているだけだった。

さすがに、こういうことが平気で言えるほどとは思ってもいなかった。

「あんまり変なことを吹《ふ》き込むなよ」

「わかってますよ。阪崎《さかざき》さんに報告されたらまずそうなことは言いませんって」

「信用しておく」

皓介は特に表情を変えることなく、自分のデスクに着いた。

（そういう認識《にんしき》なのか……）

どうやら静香は阪崎のことを、皓介の弱点だと踏んでいるようだ。まるで親や上司、あるいは恩師といったもののように。

実際に阪崎勲《いさお》は、皓介の父親の恩人であり、皓介自身も借りがあった相手だった。しかしながら、それらはもう返したと景は思っている。

おそらく阪崎もそうだろう。

むしろ返さなくてはならない恩があるのは、景のほうだ。それこそ、どうやったら返しきれるのかわからずに途方《とほう》にくれるほどに。

阪崎は景を、五年もの間、無償《むしょう》で匿《かくま》ってくれたのだから。

なんの見返りも期待せずに、亡《な》くなった親友の息子《むすこ》だというただそれだけで、ずっと世話してくれていた。

それを皓介は最初、愛人関係だと誤解したのだ。

いらなくなった愛人を——つまりお古を押しつけてきたのだと。

もちろん、そんなふうに思われていたなんて気がついていなかった。半ば無理に抱《だ》かれたときに、誤解は解けたのだけれど。

ふと、意識が阪崎のところへと飛んでしまった。

彼は今、病床《びょうしょう》にある。先日、退院をしたのだが、自宅療養《りょうよう》をしばらくすることになったのだそうだ。

ここへ連れてこられた日から、景が阪崎に会ったのは一度だけだ。皓介が連れて行ってくれて、とても阪崎は喜んでくれたのだけれど、帰りがけに、来ないほうがいいとやんわりと言われて、それきりだった。

彼はいつだって景のことを案じてくれた。自分が病気のときでさえ。

景を抱《かか》え込んでいなければ、余計なストレスもなく、もしかしたら発病だってしなかったかもしれないのだ。

「水橋くん？」

「あ……すみません」

「視線が遠いわよ。阪崎さんのことが気になる？」

景のことは、阪崎の甥《おい》だと説明されている。父親代わりなのだと皓介は言ったらしい。事情があって、皓介が預かっているのだとも。

だから景は曖昧《あいまい》に顎《あご》を引いた。

「手術は成功したんでしょう？」

「はい」

「大丈夫《だいじょうぶ》よ。私の伯父《おじ》も同じ病気だったけど、今はピンピンしてるもの」

微笑《ほほえ》む静香に、景は頷《うなず》くだけの返事をした。どう言葉にしたらいいのか、人とのコミュニケーションが不足している景には、よくわからなかったのだ。

だが静香は気分を害したふうもなく、仕事の説明をすると言った。

「キーは叩《たた》けるのよね？」

「あ、はい」

「よかった。私、好きじゃないのよ」

「そうなんですか……？」

意外な言葉だった。皓介は彼女のことを、極《きわ》めて有能だと言っていたのだ。さしあたって欠点といえば、少しだけ口が悪いことだと。

すると雇用主《こようぬし》が口を挟《はさ》んできた。

「上手くできるのと好きは同じじゃないってことだな。なまじっかなんでもできて、しかも速いから、二人分の仕事をさせられていたわけだ」

「堂々と言わないでください。給料は二人分くれなかったくせに」

「一人半くらいはやってるだろうが」

「あら、もしかして水橋くんが入ったら一人分になっちゃうんですか？」

「冗談言うな。いきなり景に一人分の働きができるわけないだろうが。まぁそうだな……当分は朝見が一人半分働くってことで、給料分ちょうどだ」

「それじゃ、水橋くんが一人前になったら、どうするんです？」

「今まで二人分の働きをしてくれたからな。その分ってことで据《す》え置きだ」

「ありがとうございます。ぜひとも早く、仕事を覚えてもらわないと」

にっこりと笑って静香は景に向き直る。

口を挟む暇《ひま》もなかった。ぽんぽんと小気味よく交《か》わされる会話に圧倒《あっとう》されてしまって、急に水を向けられても反応ができない。

「じゃ、とりあえず説明に入りましょうか」

「お願いします」

少しずつ教えていく、と前置いて、静香は景をデスクに向かわせると、自分も椅子《いす》を引いてきて隣《となり》に座った。

最初は皓介の視線を感じながら、だがすぐに意識できないほど集中して、景は静香の説明を聞いていた。

就業時間に仕事が終わることは、まず滅多《めった》にないという。その代わり、長時間の残業もないのだというが、今日は景がいるということで特別に早く終わらせたらしい。

「お疲《つか》れ。帰りに食事でもしないか？」

もちろん三人でという提案だったのだが、静香はとんでもない、といった顔をしてバッグを摑《つか》んだ。

「金曜の夜ですよ？　所長ったら無粋《ぶすい》」

「ああ、デートか」

「そうです。きっと今日は早く終わるだろうって思ってたので、それにあわせて約束しちゃったんですよ。というわけで、すみませんけどお先に失礼します」

静香は皓介に小さな声で何ごとかを告げてから、コートを摑んで慌《あわ》ただしく事務所を出て行く。

「それじゃ、来週からよろしくね」

「はい。こちらこそ」

あっという間に姿は見えなくなった。

景よりも小さな身体《からだ》で、どうしてあんなにパワフルなんだろうかと、半ば茫然《ぼうぜん》と閉まったドアを見つめた。

「想像していたより綺麗《きれい》だ、と言ってたぞ」

「え？」

「おまえに対する、朝見の感想だ。本人には直接言うなって、あらかじめ釘《くぎ》を刺《さ》しておいたからな。言われたらリアクションに困るだろう？」

まったくその通りで、景は黙《だま》って頷いた。

どうやら景が思っているよりも、事前にいろいろと注意をしていたようだった。景の背景に興味を示さなかったのも、職場だということもあるだろうが、皓介から何も聞くなと言われたからかもしれない。

どちらにしても気は楽だった。

静香とはそれなりに上手《うま》くやっていけそうだ。確信というほどではないが、漠然《ばくぜん》とそんな気がした。

「朝見にふられたことだし、いつも通りに二人でメシを食うか」

「だったら部屋でいい」

「代わり映《ば》えがしないな」

「……まだ、あと一日あるから」

そのたった一日で、家族の目に触《ふ》れて連れ戻《もど》される可能性など、ほとんどないと言ってもいいし、景も頭では理解していた。

ただし、頭ではただ。

気持ちはとてもじゃないが、思い切れなかった。

「自分でも、意気地《いくじ》がないと思うけど……」

「仕方がないな」

肯定《こうてい》も否定もせず、皓介はただそう言った。

3

腕《うで》に抱《だ》いた恋人《こいびと》は、深い眠《ねむ》りの中にある。

シーツが乱れたダブルベッドは、けっして寝心地《ねごこち》のいいものではなかったが、それでも熱を分け合ったあと、互《たが》いに深い眠りについた。

放すなというから、ずっと腕に抱いていた。

静寂《せいじゃく》の中、規則正しい寝息《ねいき》が、かすかに聞こえてくる。

吐《は》く息さえも、甘く感じた。

抱き直した肩《かた》は、いつものようにひんやりとしていた。

体温が低い恋人の肌《はだ》は、皓介が抱いているときはその肌も中も、とても熱い。だが昨夜の熱はとっくに引いてしまったようだ。

ルームサービスが来るまで、あと三十分と少し。

そろそろ、起こしたほうがいい。

昨晩はそのまま眠ってしまったのだから、食事はさっぱりとした状態で摂《と》りたいだろう。

樋口皓介は腕に抱いていた恋人の肩を、そっと揺《ゆ》すった。

「景」

呼びかけると、景は長いまつげの先を震《ふる》わせた。

「ん……」

小さく身動《みじろ》いで、ゆっくりと目を開ける。

景はぼんやりと宙を見つめていた。すぐに目は覚ますものの、意識がはっきりするには少し時間がいるのだ。

綺麗な顔をしていると、つくづく思う。

恋人のひいき目を抜《ぬ》きにしても、これだけ綺麗な人間はそうはいないと思っている。まだ自分の気持ちを自覚する前から、そう思っていた。

「何時……？」

少し掠《かす》れた声は、景の地声ではなかった。

これも昨夜の名残《なごり》である。

「もうすぐ十時だ。ルームサービスが来るぞ」

「……いらない」

小さく呟《つぶや》いて、景は再び目を閉じた。

「昨日、約束しただろう。昼から出かけるぞ」

「そう……だっけ……？」

今すぐにでも眠りの中へ戻っていきそうな、あるいは半分もう入り込んでいるような声がかすかに聞こえてくる。

景はそれほど寝起《ねお》きが悪いというわけじゃないのだ。ただ、昨晩は少し眠るのが遅《おそ》かったのと、身体が怠《だる》いのとで、ひどく眠いに違《ちが》いない。

眠らせてやりたいとも思うのだが、今日は譲《ゆず》ってやるつもりはない。

「起きろ」

「……」

返事はない。無視ではなく、眠ってしまったのだろう。

皓介は景の唇《くちびる》を塞《ふさ》ぎ、口を開かせて舌を吸いながら、指先で胸の飾《かざ》りをいじった。

景が喜ぶ場所の一つだ。

「ぅ……んっ……」

びくりと身をすくませて、景は大きく目を瞠《みは》る。

だが何か言おうとした口は、皓介のキスで塞がれたままで、言葉にはならなかった。

さんざん口腔《こうくう》を貪《むさぼ》り、イタズラをしかけておいて、皓介は耳元で囁《ささや》いた。

「起きるか？　シャワー浴びてから、朝メシだぞ」

「わ、わかった……からっ……」

早々に音を上げて、景は細い顎《あご》を何度も引いた。

景の官能に火を点《つ》けるのはたやすい。このまま指でいじってやれば、すぐに引き返せない状態になるだろう。

だが今日は、なしだ。

胸から指を離《はな》すと、景は溜《た》めていた息を吐き出して、潤《うる》んだ目で睨《にら》むようにして皓介の顔を見つめた。

そんな目で睨んでも、効果はゼロだ。普段《ふだん》の景ならば、その硬質《こうしつ》な美貌《びぼう》のせいで、かなり冷たい目になるだろうけれども。

「すぐにシャワーを浴びられるか？」

「……もう五分……まだ、身体《からだ》が動かない」

拗《す》ねたように、だが存外はっきりとした口調で言って、景はぷいと横を向いた。

頭の中がクリアになっても、身体がすぐについてこないのはいつものことだった。

「先に浴びてくる」

皓介は景を放すと、ベッドから抜け出してバスルームでシャワーを浴びた。

時間はそう掛《か》からない。すぐに終えてバスローブを身に着け、タオルで髪《かみ》を拭《ふ》きながら、朝刊を手にベッドサイドに戻った。

五分と言いながら、景はまだ動き出そうとしなかった。

新聞を読む皓介を、何も言わずにじっと見つめているだけだ。

何か思索《しさく》しているようにも見えるし、ただぼんやりとしているようにも見える。あるいは単に、この時間を楽しんでいるだけかもしれない。

皓介は新聞に一通り目を通し、ルームサービスが来る時間の十五分前に景に目を向けた。

「シャワーを浴びて来い。出てくる頃《ころ》には、メシが届いてる」

「でも食欲ない」

「いいから食え。また気分が悪くなるぞ」

強く言えば、景は仕方ないといった様子で溜め息をついた。

先日、外へ連れ出したときは何も食べずに行ったせいか、景は途中《とちゅう》で気持ちが悪いと言い出して、すぐに帰ってきてしまったのだった。

彼は食というものに対する興味が希薄《きはく》だ。食事を楽しむという感覚も、あまりなかった。おまけに大した量を摂らないし、偏食《へんしょく》もある。

そういう部分は、この数ヶ月で少しずつ直ってはきていたが、睡魔《すいま》と身体の怠さの前では、食事など大したことではないようだった。

抱き起こしてやるものの、景はベッドの上に座り込んでぼんやりとしている。

身に着けているものは何もない。

細く、しなやかな肢体《したい》が、惜《お》しげもなく皓介の目に晒《さら》されているのだ。

白い肌には、所有の印がいくつも散らばっていた。執着《しゅうちゃく》の強さが、はっきりとそこに残されていると思う。

皓介は薄《うす》い肩にナイトシャツをかけてやる。景の膝下《ひざした》くらいまである丈《たけ》の長いシャツのボタンは、昨夜、皓介がすべて外してしまった。それを今は細い指先が面倒《めんどう》そうに留めている。パジャマ代わりのそれは、眠るときに着るというより、いつもベッドに入るまで着ているといったほうが正しい。下から二つ、三つのボタンは、だからいつまでもはずれたままで、皓介の目の保養になっていた。

「歩けないか？」

「平気」

それでもひどく緩慢《かんまん》な動作で景はベッドから出て行った。

歩けないわけではないが、やはり怠そうだ。

水音が聞こえ始めたのを確かめて、皓介はリビングへ行き、パソコンを立ち上げてメールのチェックをした。

やがて呼び鈴《りん》が鳴った。

時間より少し早く、到着《とうちゃく》したらしい。

ドアを開けると、にこやかな笑顔《えがお》を浮《う》かべてボーイが立っていた。飽《あ》きるほど顔を合わせている相手だった。

「おはようございます。中へお運びしてもよろしいでしょうか？」

「ああ、頼《たの》む。いつもの場所で」

「かしこまりました」

ボーイがワゴンを押してセッティングをしている間に、皓介は寝室《しんしつ》に戻《もど》り、水音が止まっていることを確かめた。

代わりに、ドライヤーの音がしている。

そうして差し出された伝票にサインをして返した。

皓介がこの部屋で暮らし始めて、もう二年以上が経《た》つ。

都内にある外資系ホテルの、三十六階のエグゼクティブフロア。そのスイートで、皓介はずっと生活しているのだ。

もともと不動産に興味はなかった。清潔な室内に大きなベッド、気持ちのいいシーツ、それさえあればいいという程度のこだわりなのだ。

そして面倒なこと——掃除《そうじ》や料理や洗濯《せんたく》——は一切《いっさい》したくなかったし、しろといってもできない。

だから皓介にとって、ホテル暮らしというのはまったく理に適《かな》っていたのだ。

清掃《せいそう》は断らない限り毎日入る。これは彼が仕事に出ているときに来るから、煩《わずら》わしいことは何もない。電話一つで食事でも飲み物でも持って来てもらえるし、クリーニングは部屋まで受け取りに来て部屋まで届けてくれる。

マンションでハウスキーパーを雇《やと》ってもいいし、おそらくそのほうが安いのだろうが、皓介はこのホテルの中に事務所を構えているから、出勤が楽……というのが決め手になった。

そんなわけで、彼は寝室が二つにリビングルームという構成の部屋に、つい数ヶ月前まで一人で住んでいたのだった。

そう、阪崎が景を連れてくるまでは。

ドアが閉まる音を確認《かくにん》してから、景が寝室のドアを開けた。

「……朝からこんなに食べられないって言ったのに」

ワゴンが姿を変えたテーブルを見て、彼は小さく溜め息をついた。

「もともと一人分のセットだ。食えないおまえが問題なんだろうが」

景の座るべき席には、フレッシュのオレンジジュースと、フルーツコンポートにヨーグルトを添《そ》えたもの、そしてパンケーキが置いてある。たかがこれだけのものに、紅茶があるだけなのだ。

勝ち目はないとわかっているのか、景は反論してこなかった。

皓介の前をすり抜《ぬ》けて行こうとする身体は、男としては小柄《こがら》なほうだ。身長も平均に届いていないが、横がもっと届いていない。

一言で表すならば、細い、だろうか。

薄い身体だし、首も華奢《きゃしゃ》だ。抱《だ》きしめるとすっぽりと皓介の腕《うで》の中に収まるし、景が皓介の肩口《かたぐち》に顔を埋《うず》められるくらいの身長差もある。

もっともそれは、皓介が平均を遥《はる》かに超《こ》える長身であるせいもあるが。

「だから、朝は特に苦手なんだ」

言い訳のように呟《つぶや》いて景は椅子《いす》に座った。

以前よりも、表情が動くようになったと思う。ここへ来たときは、まるで良くできた人形のように、取り澄《す》ました顔をしていたものだった。

現実感がない美貌。

皓介は最初、景を見てそう思った。

それは表情の乏《とぼ》しさのせいだったかもしれないし、淡々《たんたん》としたしゃべり方によるものだったかもしれない。

あのときは、景とこんなことになるとは思ってもいなかった。

「何？」

気がつけば景が怪訝《けげん》そうにこちらを見つめ返していた。

「いや……」

「起きてないのは、皓介さんのほうかもね」

綺麗《きれい》な顔をして、ときおり景は毒を吐《は》く。もっともその毒はさほど強くはなく、可愛《かわい》い憎《にく》まれ口といったところだ。

これはさすがにひいき目だろう。気持ちを自覚する以前は、「可愛くない」と思っていたのだから。

景はジュースを口にしてから、パンケーキにバターを塗《ぬ》り、メープルシロップをたっぷりとかけた。

見ているだけで胸が焼けそうだ。甘いものを好まない皓介にとって、その光景は信じ難《がた》いことだった。

見た目にあっているのかいないのか、景は甘いものが好きだ。これは今の関係になってから、だんだんとわかってきたことである。

まるでバラの紅茶でも飲んで生きていそうな顔をしているくせに——それは言い過ぎにしても、野菜だけ摘《つま》んで食べているようなイメージがあるくせに、景は子供や女性のように甘いものが好きだった。

だからといって、他《ほか》のものがまったく食べられないとか、好きではないということでもないようだ。味覚もちゃんとしている。

ただ、甘いものが一番好きだというだけで。

だからコースを食べても、一番嬉《うれ》しいのは最後のデザートらしい。皓介の分まで食べるのは、いつものことだった。その分、食事が少ないのが納得《なっとく》できないところなのだが。

視線に気づいて、景は顔を上げた。

「かけすぎ、って思ってるだろ」

「その通り」

「カロリー摂《と》れって、いつも言うくせに」

「シロップで摂れとは言ってないだろうが」

溜《た》め息まじりに、皓介はトマトジュースをグラス半分ほど喉《のど》に流し込んだ。

景はこういうところはお子様だった。

コーヒーは苦いからといって飲まないし、紅茶も砂糖を入れてミルクで渋《しぶ》みを取り、実はココアなんてものが大好きらしい。

そして酒にはすこぶる弱い。そもそも好きでもないらしく、勧《すす》めても舐《な》める程度でろくに口にはしない。

子供だとからかっても、景は鼻白んだ様子で黙《だま》っているだけだ。

こういうところは、恋人《こいびと》になる前もあとも変わらない。

違《ちが》うのは、「可愛くない」と口に出して言うと、瞳《ひとみ》が揺《ゆ》れて縋《すが》るような色を浮かべることだろうか。

わかっていて言う自分を、皓介は意地が悪いのだろうとは思っていた。

目の前の朝食に手をつけながら、ゆっくりと食事をする景に目をやる。

普段《ふだん》はそうでもないが、こと食べる……という行動に関して、景はとてもゆっくりだ。だから小食でも、皓介より先に食べ終わるということがない。

量はずいぶんと違う。皓介の前には、アメリカンブレックファストのセット――トマトジュースにシリアル、スクランブルエッグとベーコンが載《の》った皿、クロワッサンとデニッシュペストリーとロールパンが入った籠《かご》、そしてコーヒー――が並んでいる。

それでもきっと、食べ終わるのは一緒《いっしょ》だろう。

まぁ、そんなところも微笑《ほほえ》ましくあるのだが。

要するに――。皓介はいつのまにか、恋人に対してベタベタに甘い男に成り下がったわけである。

今まで付き合ってきた女性が見たら目を剝《む》きそうなほどに。

ティーカップを置きながら、景はふと思い出したように口を開いた。

「今日は、なんだっけ？」

「覚えてないのか？」

「……覚えてない」

ほんの少し俯《うつむ》く景の目元が、わずかにだが赤くなっている。

約束をしたのは、昨晩のことだ。

場所は、ベッドの中。

セックスの最中《さなか》に、皓介がふと思いついて口にして、景は半ば意識を飛ばしながら、頷《うなず》くだけの返事をした。

覚えていないのも無理はなかった。

「買い物だ。明日は誕生日だろう？」

「ああ……うん」

戸惑《とまど》った様子で、景は頷いた。

忘れていたなんてことはありえない。明日に控《ひか》えた景の二十歳《はたち》の誕生日は、彼にとって特別な意味を持つのだから。

もちろん、皓介にとっての意味も大きかった。

「おまえがほしいものを買いに行こうと思ってな」

さらりと告げると、景は驚《おどろ》いたように手を止めて、皓介の顔を見つめ返して来た。

まっすぐに向けられる視線に、皓介は満足する。以前は頑《がん》として、こちらを見ようとしなくて、ひどく苛立《いらだ》ちを覚えたこともあったからだ。

綺麗な瞳が自分だけを見ている事実に、満たされる。

こんなに愛《いと》しい存在はなかった。

「誕生日のプレゼント、というやつだ」

「あ……うん、でも……」

「遠慮《えんりょ》するなよ」

「でもほしいもの、ないから。十分だし……」

それは十分に予測できた答えだった。

景は物欲というものがない。積極的に何かほしがるとすれば本くらいのもので、服飾品《ふくしょく》は与《あた》えなければ自分から増やそうとしない。

今、着ているナイトシャツも、皓介が買ってきたものだ。普段《ふだん》着ているものも、ほとんどが皓介の買い与えたものである。

もっとも、ほぼ部屋の中でのみ暮らしている景にとって、服や靴《くつ》といったものは、あまり必要のないものなのだが。

「わかった。じゃ、勝手に選ぶから付き合え」

「まだ、二十歳になるまで時間あるけど」

不安そうに呟《つぶや》く景が人目に付きたくない事情——。それは彼が「失踪中《しっそう》」であり、彼の実家の者からすれば、まぎれもなく行方《ゆくえ》不明だからだ。家の者に見つからないように、景は滅多《めった》なことでは外へ出ようとしないのである。

外へ行くときは必ず皓介と一緒だし、行き先はたいてい決まっている。

帽子《ぼうし》を被《かぶ》って俯いたまま、皓介の陰《かげ》に隠《かく》れるようにして地下の駐車場《ちゆうしやじよう》まで行き、同じように帰ってくるという調子なのだ。

家に帰りたくない事情を持つ景は、万が一にでも自分の居場所が見つからないように、ずっと隠れて暮らしているのである。

未成年のうちは、親権を持つ者が居住指定権を持っているからだった。

何より、景はある人物に見つかりたくないのだ。おそらくはそれが最も理由として強いのかもしれない。

「ちょっと外へ出たくらいで見つかる可能性はほとんどないと思うぞ」

「そうだけど……可能性はあるじゃないか」

「五年も経《た》っているんだ。仮におまえの知り合いに会ったところで、ぱっと見ではわからないことだってありうるだろう？　それに、もし今日の昼に見つかったところで、連れ戻《もど》される前に日付が変わって、親権に縛《しば》られることもなくなる」

納得したのかしないのか、景は嘆息《たんそく》してパンケーキを口に運んだ。

無理に食べているという感じだった。

「……皓介さんに迷惑《めいわく》かからない？」

「問題ないな」

「だったら、いいけど……」

一緒に出かけるのが嫌《いや》だというわけじゃないのだ。むしろ反対だということくらい、皓介は知っている。

なんとかして景を呪縛《じゅばく》から解き放ってやりたいのだが、今のところ有効な手段はない。ある人間が、強く彼の中に刻み込まれてしまっているのだ。

その事実は皓介にとって不快なことだ。たとえ良《い》い意味ではなくても、他《ほか》の人間が景の中で大きな存在であるのは気に入らない。

子供じみていることは、重々承知だ。

皓介はその上で開き直っているのだった。

4

皓介に初めて会ったのは、景が小学生のときだった。

まだ九歳で、同じ年の子供に比べても小さな子供で、当時は女の子に思われることなどしょっちゅうだった。

女の子らしい色やデザインの服じゃなくても間違《まちが》えられていたのだ。

その頃《ころ》、皓介は大学生だった。

免許《めんきょ》を取りたてで、父親の車を運転して、景の住んでいた町を走っていた。

二月のはじめで、雪が降っていた。

自転車で横断歩道を渡《わた》ろうとしていた景を、右折してきた皓介が引っかけてしまったのだ。

接触《せっしょく》したのは自転車だったが、景は衝撃《しょうげき》で倒《たお》された。束《つか》の間、意識を失って、戻った瞬間《しゅんかん》に立ち上がったら、集まってきていた大人たちが慌《あわ》てて動くなと言い、加害者である青年が——つまり皓介が、膝《ひざ》に乗せて救急車が到着《とうちゃく》するまで抱《だ》っこしてくれていたのだった。

雪の積もった地面に寝《ね》かせたくはなかったのだと皓介は言った。聞いたのは、つい去年のことだったが。

景は混乱で自分の名前も言えなくて、両親が来るまでには時間が掛《か》かってしまった。

その間、ついていてくれたのは皓介だった。

心細くて仕方がなかった景にとって、その数時間は皓介がすべてだったのだ。

だから一度たりとも、皓介のことを忘れたことはなかった。

皓介のほうは、雪の日にだけは運転したくないというトラウマこそ残ったらしいが、景のことはあまり思い出すこともなかったらしい。

現に再会しても、思い出さなかった。

九歳の景が、十九歳になって現れたのだし、姓《せい》も当時とは違《ちが》っているから、むしろ当然なのだろうが。

景の中の優《やさ》しい思い出は、初恋《はつこい》とも言えるもので、十年の間も色あせることがなかった。すべてを知っている阪崎が、皓介の話をしてくれたおかげで、景のほうはずっと皓介を身近に感じていたせいもある。

実際に会って、優しく扱《あつか》ってもらえなくても、変わることはなかった。

父親と本人の恩を盾《たて》に、得体の知れない人間を押しつけられたのだから反発するのが当たり前だし、疎《うと》ましいと思うのも、追い出そうとするのも当然だと思った。

嫌がらせのように身体《からだ》を奪《うば》われても、皓介を嫌《きら》いにはなれなかった。

むしろ日増しに、抱かれるたびに気持ちが育っていった。

皓介も自分のことを好きになってくれるなんて、考えてもいなかったのだ。

胸が詰《つ》まるくらいに、幸せだと思う。

一つの不安と、一つの心苦しさを除いては――。

「おい。ぼんやりしていると、はぐれるぞ」

声をかけられて、景は我に返った。

皓介に遅《おく》れないように歩くのは、けっこう大変だ。歩調を合わせてくれているのだが、どうしても遅れがちだ。

週末の繁華街《はんかがい》は、びっくりするほどに人が多い。

景が住んでいた町は、ここよりももっと小さなところだったし、こちらに来てからの外出といえば決まって夜で、皓介の友人の実家である旅館へ食事に行く程度だったから、景は繁華街という場所に初めて身を置いたことになるのだった。

すれ違う人たちが――特に女性が、皓介に目を奪われているのがわかる。

ただ立っているだけで目立つ男なのだ。何しろ、頭一つ抜《ぬ》けているわけだから。

そこへもってきて、モデルもかくやというプロポーションで、顔立ちもとびきりがつくほどに整っている。

切れ長の目は涼《すず》しげだし、高い鼻梁《びりょう》も引き締《し》まった口元も、たまらなく魅力《みりょく》的だった。

長いコートが長身に映《は》えて、景ですら見とれてしまう。

景はといえば、冬に差し掛かった頃にもらったハーフコートを着て、ツバのあるニットの帽子を被り、皓介の少し後をついていくばかりだ。

どうにも歩きづらい。

前を見ないで歩く人や、自分からはよけようともしない人が意外なほど多く、景は何度もぶつかりそうになった。

人いきれに酔《よ》ってしまいそうだった。

おまけに、坂道がこたえる。店から近い駐車場《ちゅうしゃじょう》がいっぱいで、少し離《はな》れたところに止めたせいだった。

身体が怠《だる》いことを除いても、きつかった。

だがとてもそんなことは言えない。情けないということくらい、自覚はあるのだ。

それでも歩調はどんどん遅れていき、すぐに気づかれてしまった。

「まさか、もう疲《つか》れたとか言うんじゃないだろうな」

「……疲れてはいないけど」

「これでもゆっくり歩いてやってるんだぞ？」

肩《かた》を引き寄せる皓介に、景はうろたえた。

白昼堂々と、こんな人通りの多い場所で一体何をするんだろうか。

だが露骨《ろこつ》に離れようとするともっと目立ってしまいそうで、景はますます俯《うつむ》いて自分の顔を周囲から隠《かく》した。

コートの丈《たけ》が腰《こし》の下まであるから、体型はわからないだろうし、これで顔も半分見えなくなれば、周囲が性別を取り違えてくれるかもしれない。

「おまえ、その体力のなさは問題だな」

呆《あき》れたように言われ、景には返す言葉もなかった。

明日には二十歳《はたち》になろうという、つまりまだ十代であるにもかかわらず、景の体力のなさは尋常《じんじょう》ではない。

この数ヶ月、ホテルの部屋からほとんど外へは出ず、出たとしても車で移動していたせいだった。

街の中を少し歩き回ったくらいで、息が上がってしまっているのだ。いくら上り坂だとは言っても、言い訳にはなるまい。

「……わかってる」

景は、はぁ……と大きく息を吐《は》いて、人混みの中で足を進めた。

「阪崎さんのところにいるときから、そうだったのか？」

「庭があったから、雨でもない限り歩いてたけど……。掃除《そうじ》とか、してたし」

数ヶ月前まではそれなりに動いていたのだ。五年ほど住んでいた家の敷地《しきち》から外へ出ることはなかったが、家は二階建てだったし、外から見えないような広い庭があって、景はよく手入れも兼《か》ねて歩き回っていた。

景が実家を出てきたのは中学三年のときだった。

家族は誰《だれ》も、血が繋《つな》がっていなかった。景を連れて再婚《さいこん》した母親が亡《な》くなったあと、義理の父親はやはり子供のいる女性を妻に迎《むか》えていた。

他人である父親は、景よりもその弟を好いていた。新しい母親となった女性も、景のことは好いていなかった。

弟になる子供は、同じ年だった。二ヶ月だけ、景が上だったのだ。

周囲も、無口で内向的な景より、明るく社交的な弟を好いていた。

義理の弟――貴史《たかし》だけが景を慕《した》い、一途《いちず》に好意を向けてくれていたのである。

それだけだったら、景は家を出ようなどとは思わなかっただろう。心強い味方であるはずの弟こそが、問題になるなんて最初は思いもしなかった。

無邪気《むじゃき》に告げられる「好き」が、別の意味を持っていると知ったときですら、すぐ目が覚めるだろうと高をくくっていた。

すぐに好きな女の子が出てきて、疑似恋愛《ぎじれんあい》感情だということに気がつくだろうと。

だが甘かった。

貴史は景を縛《しば》り始めた。同じ学校だったこともあり、景がクラスメイトと話すたびに睨《にら》むような目をした。行動に目を光らせ、一人で外へ行くことや、貴史を抜きにして誰かと会うことなど、まったくできなくなった。景の持ち物は服から始まって何もかもが貴史の趣味《しゅみ》に固められ、聴《き》く音楽や本さえも、貴史の思い通りにされていた。

息がつまった。

貴史は笑いながら、だがけっして否定を許さずに、「景にはこれが似合う」「こんなものは景が聴くものじゃない」「あいつは景に必要ない」と、すべてを支配しようとしていた。

自分がじわじわと殺されていくような気がした。

景はどんな決定も、させてもらえなかった。進む高校さえも、貴史によって決められたのだ。

結局、そこを受験することもなく、逃《に》げてきてしまったけれども。

夏の終わりだった。無邪気な「好き」から始まり、冷めるどころかエスカレートしていった貴史は、とうとう無理に景を犯《おか》そうとまでした。

なんとか逃げ出して、その日はことなきをえたが、誰にも言えないことだと思い知ったとき、身体まで貴史に支配されるのも時間の問題だと悟《さと》った。

だから、家を出てしまった。正しく言えば、貴史から逃げ出したのだ。

そして今も景は貴史から逃げ続けているのだった。

「来週、阪崎さんのところへ行くか？」

「……うん」

行くのは、数ヶ月ぶりだ。

阪崎は、いまとなっては父親のような存在だった。

大層な資産家で独身で、大きな家に一人で住んでいた。ちょうどお手伝いさんが辞《や》めたこともあり、景を匿《かくま》うには絶好だった。

去年の秋、その阪崎が急に景に言ったのだ。

ここを出て、皓介くんのところへ行きなさい、と。

理由は話してくれなかった。ただ、事情ができた、としか言ってもらえなかった。

阪崎が長期の入院を必要としていて、手術が成功する確率が百パーセントではないと知ったのは、しばらく経《た》ってからだった。

その手術も無事に終わり、再発さえしなければ……と言われて今は自宅にいるのである。

「退院してからは、初めてだな」

「新しいお手伝いさんがいるんだったね」

「そうらしいな」

当然のことだった。一人で暮らすには広すぎる家だし、阪崎は退院したばかりだ。身の回りの世話をする人間が必要だった。

本当ならば、こんなときこそ景が役に立つべきなのだ。それが世話になった景の取るべき当然の行動であり、そうしたいという気持ちも強い。

だが阪崎本人がそれを許さなかった。

君が幸せであることが、何よりなのだから、と。だから皓介のそばを離れる必要はまったくないのだと。

景の胸の中で、心苦しさは残っている。今すぐにではなくても、自分が与《あた》えられてきたものを、阪崎に返したいと思っていた。

見透《みす》かしたように、皓介は言う。

「おまえは、あの人の生き甲斐《がい》みたいなものだからな。顔を見せると喜ぶぞ。ただし辛気《しんき》くさい顔はするなよ」

「わかってる」

「どうだかな。おまえが、阪崎さんに負い目を感じていたり、義務みたいに何かしなきゃいけない、返さなきゃいけないって思ってることくらい、あの人は知ってるさ」

「……そうかもしれない」

人の心の機微《きび》に、とても聡《さと》い人なのだ。景が何も言わないうちから、景の皓介への気持ちに気づいていたし、結局はこうして恋人《こいびと》の関係になることを、彼は最初から——景を皓介に預けたときから予測していたふしもある。

「だいたいおまえが返そうにも、それを歓迎《かんげい》する人じゃないだろうが。恩を感じるのはいいが、感謝だけにしとけ。それが一番、阪崎さんも喜ぶ」

皓介の言うことはもっともだと思う。納得《なっとく》もしている。

景にとって阪崎は、親しい伯父《おじ》のような、父親にとても近いものだ。阪崎にとっても、景は息子《むすこ》のようなものだと言う。

だとしたら、やはり父親の大事に、離れたところでのうのうと幸せに過ごしている息子はどうかと思うのだ。

「阪崎さん……こっちに住まないかな」

「無理だろうな」

「近くなら、いいのに……」

ぽつりと呟《つぶや》くと、皓介がふと笑《え》みをこぼした。

どうしてここで笑うのだろうと、不思議に思って見上げると、前を向いたまま皓介は言った。

「遠くに嫁《よめ》に来て、一人暮らしの親を心配する娘《むすめ》みたいだな」

「え……？」

「まぁ、似たようなものか」

「違《ちが》うと思うけど……」

どうして嫁なんだ、と景は口に出さずに思う。

「毎日、電話すればいいだろう？　ああ……そうだ、携帯《けいたい》電話を買うか」

「もったいないよ」

何しろ景が単独行動を取ることはまずないのだ。一人でいるときはすなわちホテルの部屋にいるときであって、居場所は限定されている。

携帯電話の意味などはないはずだった。

だが皓介は引き下がらなかった。

「携帯なら、阪崎さんも気兼《きが》ねなく電話ができるだろうしな。いちいちホテルのフロントを通さなくていいわけだし」

「……そうか……」

思わず呟いた瞬間《しゅんかん》に、購入《こうにゅう》は決定になった。

皓介はこうやって、半ば強引にことを進めたりはするが、景の意思を完全に無視するようなことはしない。

服を買い与えられることも多いが、気に入らなかったら替《か》えると必ず言ってくれる。これまでもらった服で気に入らなかったことはなかったが。

景が好む、シンプルで落ち着いた色合いのものを選んでくれるからだ。

プライスタグはいつも取られてしまっているから値段はわからないし、景はブランド名に詳《くわ》しくないのだが、ものを見れば安くないだろうことは想像がついた。

生地《きじ》もいいし、縫製《ほうせい》もしっかりしたものだったからだ。

それでも既製服《きせいふく》だから、そう高くはないのだと、皓介はこともなげに言う。

日本人としては規格外に長身で、手足も長い皓介は、日本のメーカーの既製服ではまったくサイズが合わないのだ。袖《そで》が短かったり、肩《かた》のあたりが攣《つ》れてしまったり、特にスーツは話にならないという。

だから彼のスーツは、すべてオーダーメイドだ。生地を選び、彼の体型にあわせて作らせる高価なもので、外国ブランドの既製服よりも値が張るらしい。

そして、景もまた先日、採寸された。ホテルの部屋まで、皓介が使っている店の者が来たのである。

二十歳《はたち》をすぎたら、スーツくらい持っているべきだという皓介の主張によるものだった。

「俺は既製服でいいと思うけど」

店の者が帰ったあとで、ぽつりと呟いた景に向かって、皓介は即座《そくざ》に反論したものである。

「おまえの体型も特殊《とくしゅ》なんだ。自覚しろ」

「特殊って……」

「細いわ、薄《うす》いわ。普通《ふつう》のスーツじゃ、変な皺《しわ》が出るに決まってるだろうが」

断言されたが、反論はできない。中学のときのブレザーで、確かに皓介の言うようなことになっていた。

だがそれによって景が困ったことなどはなかったのである。

「皺くらい出ても……」

「俺が嫌《いや》なんだ。みっともないぞ。学生の制服じゃないんだからな。俺の部下になるってことを忘れるな」

一言も返せなかった。

景は社会経験などないし、皓介は成功している人間だ。だが社会人として身だしなみも重要になってくることは想像に難《かた》くない。

皓介は弁理士として、事務所を持っている。特許や実用新案などの出願を、依頼者《いらいしゃ》に代わって行ったりする他《ほか》、審決《しんけつ》取消訴訟《そしょう》の代理、鑑定《かんてい》や契約書《けいやくしょ》の作成などを行っている。依頼してくるのは主に企業《きぎょう》であって、個人ではなかった。

事務所は亡《な》き父親のものを継《つ》いでいる。依頼者も人脈も、すべて引き継いで、今のところ逃《のが》したことはない。

阪崎にも世話になり、むしろ順調に増えているのだ。

二十代としては特例と言えるだろう。

その事務所で、景は来週から働くわけである。

景は中学も最後まで通わなかった。いくら阪崎が家庭教師を付けてくれて、大学の一般《いっぱん》教養までの課程くらいは終わっているとはいえ、学歴はない。

だが雇用者《こようしゃ》が皓介ならば、そんなことは関係なかった。

ようはお飾《かざ》りだろうと思っているが、働けるということは景にとって嬉《うれ》しいことだ。

今のままでは、囲われているのと変わりないのだから。

「いろいろ揃《そろ》えないとな。普段《ふだん》はスーツじゃなくてもいいんだが、着まわすにしても数が足りないだろう」

「そうでもないけど……」

「女のチェックは厳しいぞ」

笑いながら言われて、景は眉《まゆ》をひそめた。

そういうものか、と思う。景は他人の服装になどいちいち興味を抱《いだ》かないし、よほど強烈《きょうれつ》な格好でもしない限り記憶《きおく》にも留《とど》めないだろうが、そうでない人間というのがいるらしい。

静香は勘《かん》のいい女性だという。心配があるとすれば、服装などより、景と皓介の関係についてだった。皓介がいきなり景を職場に入れることに、彼女は何も思わなかったのだろうか？

そのうちに特別な関係であることに気づかれてしまうかもしれない。

上司の恋人が——しかも男が、同じ職場にいることを、歓迎する人はそういないだろう。

これは女性であるとかないとかの問題ではない。人として不愉快《ふゆかい》に感じるのは当然だと思うのだ。

景は知らず、溜《た》め息をついた。

「朝見さんにどこまで事情を話したの？」

口も堅《かた》いし、信用もできるからと、皓介は新しく入る社員——つまり景の背景について、話してきかせたのだ。

「恋愛絡《れんあいがら》み以外」

らしい。

景が阪崎の親戚《しんせき》という部分の他に、家を出た理由を、血の繋《つな》がらない両親の虐待《ぎゃくたい》だと言った

「脚色《きゃくしょく》も含《ふく》めてな」

「ふぅん……」

景は溜め息をついた。

とにかく、それで納得《なっとく》してくれたならば、ひとまずはいいだろう。この先のことは、こちらが気を付ければいいことだ。

「もし、朝見さんがやっぱりやりづらいって言ったら、やめるから」

「おい……」

「だって、俺が事務所にいなくても困らないけど、彼女がいなかったら困るだろ？」

それは卑屈《ひくつ》さでもなんでもなく、まぎれもない事実である。

皓介は嘆息《たんそく》した。

「否定はしないが、そうはならないな」

「どうして？」

「双方《そうほう》の性格と好みから判断して、冷静に立てた予測だ。勘じゃないぞ」

だから当てになるのだと皓介は断言した。

二人を知ってる皓介の言葉だ。確かに説得力はある。それに皓介は簡単に気休めを口にする

人間ではなかった。

気持ちは少し楽になった。けれど、身体《からだ》のほうはさっぱりだった。


立ち寄った店の二階の窓からは、行き交《か》う人の流れが絶えることなく見えている。

女性同士だったり、カップルだったり。

親子連れはあまり見ない。男同士も、滅多《めった》にいない。

天気があまりよくないというのに、よくもこれだけ人がいるものだ。空は鈍色《にびいろ》で、いつ雨が降り出しても不思議ではないほどなのに。

皓介が景を連れて店に入ったとき、見知った店員はにこやかに、そして恭《うやうや》しく挨拶《あいさつ》をして近づいてきた。

何度か来たので覚えているらしい。

記憶に残るのも当然だ。皓介の容姿もさることながら、彼は一度として試着をせず、あきらかにサイズの違《ちが》うものを選んで買っていくのだから。

皓介とそう年は変わらないだろうが、おそらく向こうはこちらを年上だと思っていることだろう。

店は一階はカジュアルなラインで、二階は少し落ち着いたものが置いてある。ただし二十代前半がターゲットらしく、渋《しぶ》くなりすぎないものが多い。

おそらく景に買って帰った服は、この店のものが最も多いはずだ。

連れてきたのは、もちろん初めてだが。

「こちらでいかがでしょうか」

離《はな》れていた店員が、一階から戻《もど》ってきた。

もう少しカジュアルなものを揃えたいと、皓介が言ったからだ。

学生らしいシャツやパンツが、いくつかセレクトされているから、あとは景に選ばせればいいだろう。

景が帽子《ぼうし》を取って顔を見せたとき、店員は一瞬《いっしゅん》、動きを止めた。

すぐに笑顔《えがお》で言葉を続けたが、見とれたことは間違《まちが》いないだろう。

かちゃり、とドアが開いた。

視線を窓から離して向けると、試着室から出てきた景が、所在なげに俯《うつむ》きながらちらりと皓介を見た。

慣れないことに、落ち着かない様子だった。

仕方なくといったふうに靴《くつ》を履《は》いて出てくるが、ドアのぎりぎりのところに立っていて、自分では鏡を見ようともしない。

「よくお似合いですよ」

付きっきりで相手をしている店員の言葉は、世辞ではなく本心だろう。皓介の目から見ても、変わったデザインのシャツは景によく似合っていた。

白いシャツだが、地模様があって、少し華《はな》やかな印象だ。かといって派手というわけでもない。

「いいんじゃないか」

「先日、お買い求めいただいたジャケットにも合いますよ」

「ああ……そうだな」

皓介は鷹揚《おうよう》に頷《うなず》いた。

オーダーもいいが、そうすると買い物の楽しみは感じられない。こうやって店に連れてきて、着せ替《か》え人形のように似合いそうな服を選んで着せるのはけっこう楽しいものだ。

店員がおべんちゃらではなく、本気で褒《ほ》めているのを見るのも爽快《そうかい》なことだった。自分の恋《こい》人《びと》が褒められるのは、やはり気分がいい。

二階に上がってきている客はそう多くないが、景の姿を見ると、誰《だれ》もが思わずといったように目を留める。

女も、男もだ。

他人が自分たちをどう見ているのか、それを考えるとまた愉快でならない。

景自身は、視線に参っているようだったが。

物言いたげな顔をしているから、皓介は景に近づいていった。

「どうした？」

「……こんなにいらない」

ようやく皓介の耳にだけ届くかというような、小さな声だった。

付きっきりで接客している店員を気にしてのことだろう。

細い指先がタグを摘《つま》んでいた。

「気に入らないのか？」

わざと普通《ふつう》のトーンで返してやると、景は慌《あわ》ててかぶりを振《ふ》った。

「そうじゃなくて……その、高いし……」

どんどんテンションが下がっていった理由は、そのあたりにあるようだ。

もともとハイテンションではないし、よく喋《しゃべ》るほうでもないのだが、その代わりに必死に何かを訴《うった》える目をしていたのだ。

試着をしない、と強く言えないのは、熱心な店員の手前だろう。皓介一人だったら、とっくに拒否《きょひ》されていたはずである。

「明日誕生日だろう。プレゼントだと思えばいい」

「誕生日じゃなくても買うじゃないか」

「無駄《むだ》なものを買ったことはないぞ」

「……そうだけど」

与《あた》えた服は、すべて着まわしているはずだ。クローゼットにしまったままになっているようなものは一つもなかった。

「まったく、金の掛《か》からないやつだな」

「そう？」

「ああ。前はもっと、やたらと金が掛かったからな」

皓介が付き合った女性は、例外なく金が掛かったものである。

食事は高級なところを好み、プレゼントは高額であるのが当然というかまえだった。皓介といるときは、けっして財布に触《さわ》ろうとはせず、そのくせ高級ブランドの店や宝石店へ入って商品を見た。

「ブランドバッグや時計や、光りものだ」

「……光りもの？」

きょとんとする景に、皓介は通りの向かいにある宝石店を指し示した。

「ああ……光りものって、そういうことか」

納得した様子で頷きながらも、景は興味がなさそうに小首をかしげた。

白くて華奢《きゃしゃ》な首に自然と目がいった。

うなじから耳にかけてが、たまらなくそそる。

この形のいい耳朶《みみたぶ》に輝《かがや》く石があったら、さぞかし映《は》えることだろう。そう、石だけがついたピアスがいい。

そう思う一方で、この身体に傷をつけることにひどくためらいを覚える。

もったいないと思えてしまう。

「何……？」

「いや、なんでもない。ま、新社員に対する投資だと思えばいい。それでも納得《なっとく》できないなら、働いて返せ」

冗談《じょうだん》めかして言いながら、思い出した。

景が事務所で働くことは決めたものの、給与《きゅうよ》形態に関してはまったく考えていなかった。

どうしようかと考えながら、皓介は近くでじっと待っていた店員を呼び、新しくまた服を選ばせた。

5

景を残した店に戻るまでの間、皓介は何度も指先でハンドルを叩《たた》いていた。

信号があわない。車が多い。そして通行人が切れないせいで、なかなか曲がれない。

店から駐車場《ちゅうしゃじょう》まで歩いて十分ほどだったのに、車でも同じくらい時間が掛かるというのはどうかと思う。

(タクシーで戻るんだったな)

後悔《こうかい》したが、今さらだった。

服を買ってあの店を出て、歩き始めた直後のことだった。

景は立ち止まり、実は足が痛いのだと言い出した。

いわゆる靴擦《くつず》れというやつだ。

痛いのは当然だった。

皮が剥《む》けて、靴下《くつした》に染まるほど血が出ていたのだ。

どうしてそうなる前に言わないのかと、景を叱《しか》り飛ばした。通りがかった人は、何ごとかと思ったことだろう。

考えてみれば、景は普段《ふだん》あまり靴を履かないのだ。何しろホテルの部屋から出ないものだから、スリッパでことが足りていたわけである。

　そして靴は、以前皓介が買ってきた新しいものだ。皓介にもらったものだからこそ、余計に言えなかったのだろう。

　皓介は嫌《いや》がる景に踵《かかと》を潰《つぶ》させて店まで戻《もど》り、事情を話してそこで待たせてもらうことにした。そうして車を取りに戻ったわけである。

　心配で仕方がなかった。

　本当ならば、成人しようという人間に思うことではないだろうが。景は特殊《とくしゅ》なのだ。何しろ、五年も世間と隔絶《かくぜつ》した環境で生きてきたのだから。

　ようやく店が見えてきた。

　許可をもらっているから、駐車禁止のはずの通用口の前に車を止めて、皓介は足早に店内へと戻っていく。

　店の入り口で、出て行く客とすれ違《ちが》った。

　景は一階にある、ディスプレイも兼《か》ねたソファに心細そうに座っている。

　皓介を認め、あからさまにその表情が安堵《あんど》の色を帯びた。

　例の店員もさすがに他《ほか》の客を放《ほう》っておくわけにいかず、景の周囲に人はいなかった。

　それらを蹴散《けち》らすようにして景に近づくと、言いつけ通り景は靴下を履《は》き替えていた。

　さすがに血染めの靴下では……と思い、店員に頼《たの》んでおいたのである。傷口には店員にもらった絆創膏《ばんそうこう》が貼《は》られているはずだ。

「痛むか？」

「大丈夫《だいじょうぶ》」

立ち上がろうとする景を制するようにして、店員が声をかけてきたのはその直後であった。

「樋口様、少々よろしいですか」

会釈《えしゃく》をしながら店員は、伝票らしきものを手に景の座るソファから離《はな》れた。

何か記入ミスでもあったかと思った矢先、彼は笑顔《えがお》を引っ込めて、真顔で言う。

「あの、一応お耳に入れておこうと思いまして……」

そう前置いて店員は、小さな声で続けた。

「お連れ様を携帯《けいたい》電話のカメラで隠《かく》し撮《ど》りしたお客様がいまして……。おそらくご本人はお気づきになっていないと思うんですが……」

「ああ……」

撮影《さつえい》すれば音は鳴るはずだが、そういったことに景が聡《さと》いとは思えない。五年前といえば、まだカメラが搭載《とうさい》された携帯電話などなかったのだから。

「もちろん、すぐに注意させていただきまして、お引き取り願ったのですが、消したかどうかの確認《かくにん》はできませんでした。先ほど、樋口様と入れ替《か》わるように出て行ったお客様がそうなんですが……」

そういえば……と思い返してみたものの、大学生くらいの背の低い男だったというくらいで、他に覚えてはいなかった。

「気を遣《つか》わせてすまない」

「いえ」

皓介は店員に礼を言い、景を連れて店を出た。車までは、ほんの十メートルほど歩かねばならなかったが、諦《あきら》めて踵を踏《ふ》んだおかげで痛みはないようだった。

車に戻ると、景はほっと息をついた。

やはり気疲《きづか》れしていたのだろう。

「予定は切り上げだ。行くぞ」

「……うん」

不満そうに聞こえるのは、おそらく気のせいではないだろう。

戸惑《とまど》いながらも景は買い物を——というよりも、皓介との外出を楽しんでいたはずである。

初めてといってもいいデートだったのだから。

知り合いのところで食事は何度かしたが、世話焼きの友人がうるさいくらいに顔を出すし、感覚としてはルームサービスの食事と変わりないので、やはり景としても今日は特別だと考えていたようだ。

「靴も作らせるか……」

皓介の呟《つぶや》きを拾い、景は慌《あわ》ててかぶりを振《ふ》った。

「そこまでしなくてもいい」

「ずっと部屋にいるわけじゃないんだぞ。事務所にも毎日出るんだ。スーツでなくてもいいが、スニーカーはさすがに不許可だ」

「……はぁ」

返してきた溜《た》め息は承知の印だ。

動き出した車は、いったん目抜《めぬ》き通りの、なかなか進むことのできない道へ出た。そこを通らなければ、目的の通りに出ることはできないようになっているのだ。

歩道を歩く人と、進み方がそう変わらないのが情けなかった。

しばらくすると、思い出したように景は言った。

「そういえば、あの店員に樋口様って呼ばれたけど……」

「ま、俺の連れだからな。おまえの名前は知らないわけだし、無難なところじゃないか？」

「ふーん……」

納得したのかしないのか、景は鼻を鳴らしただけで何も言いはしなかった。帽子《ぼうし》を目深《まぶか》に被《かぶ》り、ぼんやりと外を見ているだけだ。

さっきまでよりも、深い被り方だ。

手に取るように、今は景の考えていることがわかる。

若い人間が多い場所だということに気がついたのだろう。もしかしたら弟がいるかもしれないと、そんなふうに怯《おび》えているのだ。

同じ年の弟が東京の大学に通っていることは、景も知っているのだから。

こんなところで弟に会う確率など、ないに等しい。だが、ゼロだとも言えない。そんなわずかな可能性にも怯える景が可哀相《かわいそう》でならなかった。

「こんな時間に戻るのも、つまらんな」

皓介がぽつりと呟くと、景は黙《だま》ってこちらを向いた。興味のないことには反応しないから、これは同意という意味だろう。

「ドライブでもして時間を潰すか。それとも、夜をキャンセルするか？」

夕食は友人がやっている旅館で摂《と》ることになっているが、遠出をするならばこれを断る必要があるだろう。

だが景はかぶりを振った。

「そのままでいい」

はっきりと口で言ったわけではないが、景があそこでの食事を気に入っていることはわかっていた。

ホテルの食事に飽《あ》きているのかもしれないし、雰囲気《ふんいき》が好きなのかもしれない。

いずれにしても、楽しみにしているのならば断るのはよそうと思った。

「適当に……そうだな、東西南北のどれがいい？」

行き先は本当に何も考えてはいないのだと知ると、景はくすりと笑みをこぼした。

「いい加減」

「面白《おもしろ》そうだろう？」

「……うん」

天気は悪いが、雨が降っているわけではないし、車で走る分には関係あるまい。

少しは気分を浮上《ふじょう》させたらしい景を横目に見ながら、皓介はようやく動き始めた流れに乗って車を走らせた。


「お待たせー」

友人の佐川真彦《さがわまさひこ》は、手に救急箱を持って部屋に戻ってきた。

今どきあまり見ないだろう木製の救急箱は、相当に長く使われているらしく、木肌《きはだ》がつやつやとしていた。

食事のときは、いつもこの料理旅館「さがわ」に部屋を取ることにしている。

高校時代からの友人――真彦はここの若旦那《わかだんな》、なのである。併設《へいせつ》して、大女将《おおおかみ》が趣味《しゅみ》で小料理屋を開いているので、そこの料理を運んでもらうのだ。

靴《くつ》を脱《ぬ》いで上がるなり、真彦は踵《かかと》を潰《つぶ》した靴に気がついた。そこで事情を話したら、救急箱を持ってきてくれたのである。

「一応、消毒したほうがいいと思うぞ」

旅館のはっぴ姿が、すっかり板に付いている。最近では、この姿以外の真彦を見たことがないのだった。

ひょろりとした体格に、銀縁《ぎんぶち》の眼鏡《めがね》。真面目《まじめ》そうな委員長タイプの見てくれだが、堅苦《かたくる》しい人間ではなかった。

むしろ柔軟《じゅうなん》なほうだろう。皓介と景の関係くらいわかっているだろうに、態度は少しも変わらないのだ。

「靴下脱いで」

「自分でしますから」

「いいから、いいから」

やんわりと押し切ろうとする真彦を押しのけたのは、半分が意図したことで、半分が無意識だった。

「俺がやるからいい」

「ああ、はいはい」

十分に予測していた、とでも言わんばかりの顔で真彦は笑い、救急箱を皓介に押しつけて下がっていった。

部屋は十畳《じょう》ほどで、古いが手入れが行き届いている。

ここが満室になっているのを皓介は見たことがないのだが、経営上で特に問題がないらしいのは、人件費があまり掛《か》かっていないからだろうか。

まぁ、皓介が気にすることではないのだが……。

「ほら、さっさと脱いで、俯《うつぶ》せになれ」

「……その言い方……」

複雑そうな顔をして、景はぽつりと呟いた。

確かに、それだけ聞いたら誤解を招きそうな言い方ではあった。

皓介はふっと笑《え》みを浮《う》かべ、細い足首に手を置いたまま顔のほうへ自分のそれを近づけていった。

「別に全部脱いでもいいんだぞ?」

「皓介さん、オヤジ入ってる」

「悪いか?」

そのあたりに関しては、とっくに開き直っている皓介である。今さら何を言われたところで気にもならなかった。

ぐずぐずしている景にかまわず靴下を脱がせると、座布団《ざぶとん》の上に俯せにさせた。あまり靴を履《は》かないせいもあって踵の皮膚《ひふ》は薄《うす》く、まだ硬《かた》い革に負けてしまったのも無理はなかった。

救急箱から消毒液を取り出し、脱脂綿《だっしめん》に浸《ひた》そうとして、ふと思い留《とど》まった。俯せになったままじっとしている景に、イタズラ心が疼《うず》いた。

足首を掴《つか》んで踵を持ち上げ、そのまま傷口に舌を寄せた。

びくっ、と景が身を震《ふる》わせた。

「痛いか？」

「あ…の……」

肩越《かたご》しに景が振《ふ》り返った。

恐《おそ》る恐る、というように。触《ふ》れたときの感覚で、それが脱脂綿でないことくらい、わかっていたのだろう。

「な、何して……」

「治療《ちりょう》」

言いながら舌を這《は》わせると、景は小さく声を上げて身を捩《よじ》った。

「やっ……絶対、違《ちが》う…っ」

もがいて逃《に》げようとする身体《からだ》を押さえつけることは簡単だ。大きな音を立てたくないらしい

景の抵抗《ていこう》は、どうしても甘くなってしまうから。

ぎゅっと手を握《にぎ》りしめて耐《た》える景の様子は、悪い心をさらに煽《あお》り立てる。

このまま本当に脱がしてしまいたかった——。

「失礼いたします」

襖《ふすま》の向こうから聞こえてきた声に、景ははっと息を飲む。

慌《あわ》てて足を引っ込めようとするものの、皓介がそれを許さなかった。

襖を開けた真彦は、両手をそこに添《そ》えた格好のまま、中の光景を見て固まり、すぐに大きな溜《た》め息をつく。

「それ……どう見ても、いかがわしい光景ですよ。お客様」

「治療だろうが」

「治療にかこつけてイケナイことしてるようにしか見えないんだよ。というか、事実なんだろう？」

最後の言葉を景に向けると、景は思わずといったように頷《うなず》いた。

景はどういうわけか、最初から真彦に対して素直《すなお》だった。会うたびに懐《なつ》いていくといってもいいくらいだ。

「ちゃんとやらないなら、俺がやるからな。他《ほか》の男に触《さわ》らせたくないなら、真面目に治療しなさいよ」

真彦は呆《あき》れた調子で言いながら、持ってきた小鉢《こばち》や皿を並べた。

食事も来たことだし、そろそろお遊びも切り上げるかと、皓介は消毒液を浸した脱脂綿で傷口を拭《ふ》き、ガーゼを当てて包帯を巻いた。テープでは、肌《はだ》が負けてしまうことがわかっているからだ。

「よし、いいぞ」

足首をぽんと叩《たた》くと、景はほっと息をついて身体を起こした。

「冷めないうちにどうぞ。景くんの好きな茄子《なす》の煮浸《にびた》しもあるから。ついでに、おまえの好きな鰤《ぶり》大根も」

「俺はついでか」

「おまえの顔はもう見飽《みあ》きたよ。その点、景くんの顔は見飽きないし。うん、今日も美人さんだな」

満足そうに頷いて、真彦は飯と味噌汁《みそしる》を運ぶために下がっていった。

いつものことながら、言いたい放題だ。顔を見飽きたのは、お互《たが》い様である。特にここのところは、訪《おとず》れる回数が増えているのだから。

普段《ふだん》は呆れるほど小食な景だが、ここでの食事ならば人並みに食べる。だからつい何度も来てしまうのだ。

「ホテルの食事は飽きたか？」

いくらメニューが豊富だとはいえ、何ヶ月も同じホテルの食事を摂り続けていたら、食べたくなくなったとしても不思議ではない。

皓介はまだ、昼を外で食べたり、人と会うときに違う店に出向くからいい。それでもときどきここへ来ていたくらい、飽きることはあったわけだ。

「だから食わないのか?」

「それもあるけど……もともと、そんなに食べるほうじゃないから」

「阪崎さんのところにいたときはどうだったんだ?」

「もう少し食べてたかな。ただ、ここほどじゃないけど」

味見をしたり、油を使ったりしているうちに、あまり食べたくなくなるからだ、と景は言い訳のように言った。

「ふーん……。それでもホテルよりはマシなわけか」

「うん、まぁ……」

「そうか。おまえ、料理ができるんだったな」

「大したものは作れないけど。こんなに美味《おいし》くもないし」

「当たり前だ。年期が違うだろうが。二十歳《はたち》やそこらで、この味が出せるやつがいたらお目《め》に掛かりたいな」

しかも商売をしているのである。金を払《はら》ってまで食べたいという人間が、連日店をいっぱいにするほどに。

「掃除《そうじ》も洗濯《せんたく》も……ようするに家事はＯＫなんだな？」

「それが、何？」

怪訝《けげん》そうな顔にかまうことなく、皓介は続けた。

「俺はな、家事のできる人間を尊敬してるんだ。自分が、能力ゼロだからな」

「……やる気がないだけだと思うけど」

それも間違いではないだろう。もしも、これが仕事なのだと言われたら、皓介は完璧《かんぺき》にこなすのかもしれない。

だが、現実問題として仕事にはならないし、その気も起きないので、是非《ぜひ》のほどは意味がなかった。

「それで、家事が何？」

「家事労働に報酬《ほうしゅう》を払おう」

「は？」

「だから、マンションでも買って住まないか？」

オフィスが遠くなる問題についても、いざとなったらオフィスごと移ってしまえばいいことだ。

もっと条件のいいところは、都内にいくらでもあるだろう。

「その場合は、事務所のほうはフルタイムでなくていい」

「……フルでもいいけど」

「疲《つか》れるぞ。その体力じゃ無理だな」

「でも……」

反論しようとした矢先に、また真彦がやって来た。

「お待たせしましたー」

給仕を終えた真彦は、茶を淹《い》れながら、いつものように美味いかどうかを景に尋《たず》ねた。

律儀《りちぎ》に答える景に、こちらの返事はどうしたとばかりに皓介は言う。

「で、どうなんだ?」

「皓介さんがそうしたいなら、それでいいと思うけど」

「また無茶なことを言ってるのか?」

それぞれの前に湯飲み茶碗《ぢゃわん》を置きながら、真彦は窘《たしな》めるようにして皓介の顔を見た。

「人聞きが悪いことを言うな。マンションに移ろうかって話をしてるだけだ」

「へえ……それはまた……」

真彦はしきりに感心し、「ふーん」だの「ほー」だのと言いながら頷いた。

「悪いか?」

「とんでもない。いいことじゃないか。進歩だよ」

「進歩？」

「おまえのホテル暮らしは普通《ふつう》じゃないからな。仮住まいならともかく、面倒《めんどう》くさいって理由で定住はどうかと思うぞ」

「合理的と言え」

「いいや、おまえは面倒くさがりなだけだ。マンションに引っ越《こ》したからって自分で何かするとは思えないけど、まぁ普通に近くなっただけマシかな。少なくとも、現住所がホテルじゃなくなる」

それのどこが悪い……とは思ったが、口にはしなかった。悪くはないが、あまり一般《いっぱん》的ではないことくらい承知しているからだ。

ひとしきり感心してから、真彦は「ごゆっくり」と言って下がっていった。

「じゃ、探していいんだな？」

「いいよ。そのほうが……気が楽かもしれない」

景は少し俯《うつむ》いて答えた。

汚《よご》れたシーツを人に見られることを、景はひどく気にしているのだ。それならば自分で洗濯をしたほうが……と思っているに違いない。

（なるほど……）

そういうメリットもあるわけか、と皓介は密《ひそ》かに納得《なっとく》する。自分はまったく気にしないので、新鮮《しんせん》な思いだった。

もちろん皓介にとっての利点もある。

恋人《こいびと》の作ったものを、食べられるわけである。阪崎は美食家だし、五年もその舌が味わってきたものだから、とんでもなく不味《まず》いということもないだろうし……。

――たぶん。

目に入れても痛くないほど可愛《かわい》がっているから、不味くても我慢《がまん》していた、という可能性もないではないが。

(まぁ、いいか)

とにかく、了承《りょうしょう》は取り付けたのだ。

新たな楽しみを見つけた気分だった。


食事が終わった頃に、タイミングを見計らって真彦がやってくるのはいつものことだった。

デザートやコーヒーを運んできたり、食器を下げたりするためだ。

だが今日は、それだけではなかった。

「悪いけど、そっちで食って」

真彦はサービスのコーヒーとカットフルーツを窓際《まどぎわ》の小さなテーブルに置いて、てきぱきと食事の片づけを始めた。

基本的に、真彦は他《ほか》の者をここへは近づけない。客はもちろん、仲居にも顔を合わせないように配慮《はいりょ》してくれているのだ。

食器を下げた真彦は、卓《たく》まで端《はし》へ寄せた。

「おい……」

「布団《ふとんし》敷くから」

「待て、どうして布団なんだ？」

「雪降ってきたぞ」

真彦はカーテンを開けて、窓の外を皓介たちに見せた。

夜の庭に、雪がちらついている。東京の雪にしては細かい雪だった。

「泊《と》まっちゃえよ。あ、一応二組敷いておくから。あとで熱燗《あつかん》とつまみ持ってくる」

返事も聞かない真彦は、二組の布団を並べて——しかもくっつけて敷いていく。

皓介が雪の日には絶対に運転しないことを、彼は知っているのだ。まさか、そのときの事故の被害者《ひがいしゃ》が景だなんてことは想像もしていないだろうが。

皓介は窓の前に立ち、外を眺《なが》めた。

確かに運転は遠慮《えんりょ》したいし、タクシーで帰るほどの理由もない。

たまにはいいかと思いながら振《ふ》り返ると、こちらを見つめていた景と目があった。本当に泊まるのかと問いたそうな目だった。

「嫌《いや》なら、帰ってもいいぞ？」

「別にそんなこと言ってない」

少し焦《あせ》ったような態度なのが微笑《ほほえ》ましい。

布団を敷きながら、真彦がこっそりと笑っていることは、景がいる位置からは見えていない。

「だったら、こっちに来て雪でも見てろ」

雪を眺めるなんていう風流な趣味《しゅみ》はなかったが、ふとそんな気になった。

低い椅子《いす》に座って黙《だま》って見つめていると、床《とこ》の間の前で所在なげに立っていた景は、やがて皓介の向かいにきて、小さな庭に降る雪を黙って眺めた。

窓越《ご》しに外の冷たい空気が伝わってきていて、少し寒い。

景は無意識に腕《うで》をさすっていた。

「あ、暖房《だんぼう》強くしようか？」

真彦がすかさず言った。見ていないようで、実はしっかりと見ているあたりはさすがと言おうか、気配りが行き届いている。

「大丈夫《だいじょうぶ》です。実家のほうは、もっと……」

思わず言いかけたものの、景は口を噤《つぐ》んでしまう。

真彦は聞こえない振りで布団を整えた。

彼は景に何も聞こうとはしない。人目を避《さ》けるように行動しているので、わけありだろうとは承知しているのだが、皓介にすら事情を尋ねようとはしなかった。

できた友人だ。

「これでよし。浴衣《ゆかた》はすぐに持ってくるから。皓介のは、特大のを持ってくるよ。外人さん用だけどね」

「外国人にも浴衣なのか？　それ以前に、ここに泊まることがあるのか？」

「失礼な。日本風の旅館がいいって人も、けっこういるんだよ。それに浴衣を出すと喜んでくれる」

「キモノ……って？」

「そうそう。実はパジャマも用意してあるんだけど、浴衣のほうがいいって言うよ」

さもありなん、である。皓介は納得して頷《うなず》いた。

「風呂《ふろ》はまぁ普通に使って。朝食は八時でいいかな」

「ああ」

「それじゃ、ごゆっくり。熱燗はもう少ししたら持ってくる」

真彦は踏《ふ》み込みのところに座って頭を下げると、襖《ふすま》を閉めて下がっていった。その向こうで、金属製のドアが閉まる音がした。

景が小さく溜《た》め息をつくのが聞こえてきた。

「どうした?」

「うん……やっぱり不自然だろうなと思って」

「詮索《せんさく》するやつじゃない」

「わかってるけど……。何か機会があったら、言ってもいいよ」

あらためて自分から言うつもりはないようだった。できれば口にしたくない、というのが本音だろう。

景の意識を逸《そ》らすために、皓介は手を伸《の》ばして景の手を摑《つか》み、自分のほうへと引っ張った。

「何?」

小さなテーブルをまわり込んできた景に、とんとん、と膝《ひざ》の上を示すと、彼は目を瞠《みは》って目元をかすかに赤く染めた。

意図は伝わったようだ。

「嫌だ」

「いいから、座れ」

「そんな恥《は》ずかしいことできない」

ぷいと横を向くが、怒《おこ》った様子はまったくない。そもそも嫌だと言ってはいるが、拒絶《きょぜつ》反応はなかったのだ。

だから皓介は言葉でなく、強引な行動に出た。

腕を引っ張り、倒《たお》れ込む身体《からだ》を受け止めてそのまま膝に引き上げた。多少、じたばたしていたが、それを押さえ込んでしまうと、やがて諦《あきら》めたようにおとなしくなる。

景の攻略法《こうりゃくほう》は、基本的にこれだ。頑固《がんこ》すぎて、どんな手段も通用しない部分があるのも確かなのだが……。

顔を伏《ふ》せたまま、景は身を固くしている。

よほど恥ずかしいらしい。

「誕生日を、ここで迎《むか》えることになるとは思わなかったな」

「でも……悪くないと思うけど」

「ケーキとシャンパンの用意ができなかった」

「用意する気なかったくせに」

「ルームサービスで頼《たの》めば、持って来るぞ。ホテルならな」

ただしバースデーケーキではなく、ルームサービスメニューに載《の》っているカットしたケーキだが。

「別になくていいよ」

「そうだな。ケーキは明日、帰りがけに買って帰ろう」

「だから、いいって言ってるだろ。子供じゃないんだから」

言い返してきた言葉に、ドアの音が重なった。予告通りに真彦が酒を持ってやってきたのだろう。

慌《あわ》てて下りようとした景を、両腕《りょううで》で抱《だ》きしめる。

そうこうしているうちに、真彦が襖を開けた。

かたわらには、銚子《ちょうし》と猪口《ちょこ》とつまみが載った盆《ぼん》があった。

真彦はこちらを見て目を瞠り、それから大きな溜め息をついた。

「なんと申し上げたらよいのやら……」

やれやれと溜め息をついて、真彦は部屋に入ってきた。そうして奥まで来ると、テーブルに酒の用意をした。

景は顔を上げることができず、固まったままだ。

「悪いか？」

「いえいえ。とんでもございませんよ、お客様。どうお過ごしになられようと、それはお客様の自由ですからね。たまに、わけありのカップルがお忍《しの》びで来られることもありますよ。ご年配の方と、とてもお若い女性とか」

「不倫《ふりん》か」

「そんな、身も蓋《ふた》もない……」

苦笑《くしょう》して、真彦は景を見やった。そうしてもう一度、皓介を見つめる。

「相手の意思もちゃんと尊重しなさいよ。おまえ、昔から強引だったみたいだし……。いい大人なんだから」

「してるが？」

「どうだか」

真彦は首を竦《すく》めて盆を抱《かか》え込んだ。

友人に対してより、恋人《こいびと》に対してかなり勝手な振る舞《ま》いをしてきたのは事実だ。そして真彦は、学生時代に付き合った皓介の相手から愚痴《ぐち》を聞かされていたのだ。中には話を聞いてもらっているうちに、真彦に気持ちが移った者もいた。

だからといって、それが原因で自分たちが気まずくなるということはなかった。

つまり、過去の相手は皓介にとって、それだけの存在だったということだ。

「ま、雪見酒ってことで。ごゆっ……くりどうぞ。あ、鍵《かぎ》は内からかけてください。オートロックじゃありませんから」

「ああ」

「では、おやすみなさいませ」

最後は旅館の人間としてきっちりと礼を取り、真彦は静かに退室していった。

責めるような言葉を向けられたのは、ドアが閉まった直後だった。

「変に思われたじゃないか」

「そうか？　あれは俺に対して呆《あき》れていただけだぞ。あとは、おまえに対する同情……だな。こんな男に捕《つか》まって、可哀相《かわいそう》だ……って」

「どうして……？　逆じゃないのか？」

心底不思議そうに、ようやく景が顔を上げた。まったく解《げ》せないといった表情は真剣《しんけん》そのものだった。

ついからかいたくなって、皓介は続けた。

「俺がろくでもない男だからだろ」

「そんなことない」

「強引に、いろいろしてもか？」

「でも、皓介さんは俺を支配しようとはしない」

基準がずいぶんと甘いのだということに気づいていない景は、果たして幸せなのか不幸せなのか。

世間一般《いっぱん》の基準でいえば、皓介の態度は相手を怒《おこ》らせても不思議ではないのだ。現に、怒らせたことが過去に何度もあるのだから。

盲目的《もうもく》に皓介を肯定《こうてい》する景を、いっそ哀《あわ》れに思うことさえあった。

大事にしてやらなければ、と思う。

もともと自己中心的な皓介だから、どうしても至らないのが現状なのだが。

「少し、飲むといい」

「苦手なんだけど」

「知ってる。だから少しだ。まねごとでもいいぞ」

手を伸ばして二つの猪口に酒を注《つ》いだ。

景と雪を見ながら飲むのも、いいものだと思った。


「暑い……」

そう呟《つぶや》いて、景は自ら襟元《えりもと》をくつろげた。

酔《よ》いを醒《さ》ますといってシャワーを浴びてきたはいいが、どうやら効果はなかったらしい。へたり込むようにして椅子《いす》に座る皓介の足下《あしもと》に座り、そのまま膝に寄りかかってきた。

「そんなに顔は赤くなってないぞ」

ほんのりと目元が染まっているくらいだ。だがはだけた浴衣《ゆかた》の襟《えり》から覗《のぞ》く肌《はだ》は上気して、やたらと艶《なま》めかしい。

だいたい景は浴衣を着るのが下手なのだ。裾《すそ》も乱れて、膝上《ひざうえ》あたりまでが見えていた。見つめてくる瞳《ひとみ》は潤《うる》んで、どこかぼんやりとしていた。

「おまえ……それは、反則だろうが」

「……何が？」

思わず皓介は溜《た》め息をつく。

これを誘《さそ》っていると言わないで、なんと言おうか。だが景にそのつもりがないことくらいは承知していた。

無意識だから、質《たち》が悪い。

これがホテルだったら、迷うことなく襲《おそ》いかかっていたことだろう。裸《はだか》に剝《む》いて、むしゃぶりついていたはずだ。

だがここで抱くのはどうかと思う。

さすがに友人のところでは遠慮《えんりょ》が働いた。たとえ向こうが気にしなくても、すっかりそのつもりで、いろいろと便宜《べんぎ》を図ってくれているとしても。

別に気を遣《つか》っているわけじゃなかった。ただ明日の朝、真彦のしたり顔を見たくないだけだった。

皓介は溜め息をついて、せり上がってきた衝動《しょうどう》をやりすごす。

「とても人前に出せないな。強姦《ごうかん》されても文句は言えないと思うぞ？」

果たして話を聞いているのかいないのか、景は熱のこもった息を吐《は》きながら目を閉じた。

そうしてまた、暑いと呟く。

「もう寝《ね》ろ」

「いやだ……」

「いいから言うことをきけ、酔っぱらい」

「眠《ねむ》くないし」

普段《ふだん》からは考えられないほど甘ったれた言い方だ。だから、というわけでもないだろうが、急に昔のことを思い出した。

あるいは雪のせいだろうか。

暑い、と繰《く》り返す景の頬《ほお》に手をやった。

「あ……」

「確かに熱いな」

「冷たくて……気持ちいい……」

吐息《といき》まじりの言葉に、皓介の体温まで一気に上がった気がした。

理性のタガが外れてしまう。

そんな危機感をよそに、景の手が皓介の手に触《ふ》れて、首へと導いていく。頬と同じく普段よりもずっと熱い肌だった。

「おまえが誘ったんだぞ?」

自分で聞いても苦笑してしまうような言い訳を口にしながら、皓介は首からもっと下へと手を滑《すべ》らせた。

大きくはだけていた襟をさらに広げ、胸の小さな突起《とっき》をやわやわと揉《も》む。

「ぁ……んっ」

甘い声が、潤んだ目が、皓介を煽《あお》り立てていった。

もう止まらない。

腕《うで》を摑《つか》んで引き上げると、今度はすんなりと膝《ひざ》の上に乗った。

横抱《よこだ》きにした状態で、皓介は景の襟を肩《かた》から落とし、尖《とが》らせた胸の粒《つぶ》を口に含《ふく》む。

「ん……っぁ、あ……」

強く吸い、舌を絡《から》めて転がしてやると、細い身体《からだ》が腕の中でびくびくと震《ふる》え、全身で快感を訴《うった》えてきた。

感じやすい身体だった。

もともと敏感《びんかん》だったのだろうが、それを目覚めさせ、高めていったのは皓介だ。

この身体で知らないことなどない。どこをどうすれば景が悦《よろこ》び、乱れるのか、景自身よりも知っているのだ。

片方の腕で景の背を支え、口で胸を愛撫《あいぶ》しながら、空いた手で浴衣の裾を割った。

膝の間に手を入れて、脚《あし》を開くようにと無言で促《うなが》しながら、少しずつ付け根に向かって辿《たど》っていく。

「や……」

「膝を立てろ」

命じられるまま、逆らうことなく景はその通りにする。理性のブレーキが効かなくなっているのは同じらしい。

景は下着をつけていなかった。酔いのせいなのか、こうなることを期待していたのかはわからないが、どちらにしても皓介にとっては都合がいい。

下肢《かし》をいじりながら、敏感な胸を攻《せ》め続けた。

「あっ……う、んっ……ん！」

薄《うす》い色をした粒に軽く歯を立て、舌を絡めては、強く吸う。

面白《おもしろ》いように声が上がった。

いつにも増して感じやすいような気がする。あるいは声を出すことに対して、ためらいをなくしているだけかもしれなかったが。

冷たかった指が、いつしか景の熱を与《あた》えられて温まっていた。

皓介は景を横抱きにして身体を浮《う》かせ、自分は椅子からどいて床《ゆか》に膝をついて、景だけを椅子に戻《もど》した。

「やっ……」

細い腰《こし》を引き寄せると、上体が椅子の背からずり落ちて、景の最奥《さいおう》が皓介の目前に露《あら》わになった。

「脚を開け」

少しのためらいのあと、景はおずおずと言われた通りにした。普段なら、間違《まちが》いなくこんなふうにすんなりとやらないだろう。

それでも、脚の開き方は控《ひか》えめだった。

「もっと開けるはずだな?」

さらに促すと、景はぎゅっと目を閉じながら少しずつ膝を開いていく。

皓介は押し開くようにして腿《もも》に手を添《そ》えてから、舌を寄せていった。

まずは、腿の内側に。

舌を滑らせて、脚の付け根へと。

「や……っん……」

期待に震える最奥はなかなか触れてはやらず、皓介はその周辺ばかりにキスをし、舌で舐《な》め、歯を立てた。

そして掠《かす》めるように、舌先で最奥に触れる。

「っぁ……いや…ぁ……」

びくっ、と景が震えた。

皓介はまた、周囲ばかりにキスを繰り返し、肝心《かんじん》のところへは触れないようにした。

なめらかな肌《はだ》の感触《かんしょく》は、触れていて気持ちがいい。もどかしい曖昧《あいまい》な刺激《しげき》ばかりもらっている景にしてみれば、たまらないことだろうが。

「皓、介さ……ん……」

懇願《こんがん》を含む声に、皓介は涼《すず》しい顔で返した。

「ここは、嫌《いや》なんだろう？」

「違……」

景は泣きそうな顔で——実際に目をひどく潤ませて、皓介を見つめてきた。

「じゃあ、どうしてほしいんだ？」

すんなりとは言えないようなことを言わせたくて仕方がない。羞恥心《しゅうちしん》と戦う景が、やがて望む言葉を口にする様はたまらなかった。

今だって目元を朱《しゅ》に染めて、唇《くちびる》を震わせていた。

「……めて……」

「よく聞こえないな」

キッ、と睨《にら》むようにして景が目を向けてきたが、怒《おこ》っているというよりは抗議《こうぎ》の意味の視線だろう。

そもそも皓介にとっては可愛《かわい》いばかりで、意地悪をしたい気持ちが募《つの》ってしまう。

こんな表情は男を煽るだけだと、つまりは逆効果だということを、景に教えてやる気はなかった。

やがて観念して、景は目を閉じる。

顔を背《そむ》け、少し眉根《まゆね》を寄せて、震える唇が動いた。

「舐め……て……」

そう、この顔がたまらない。

皓介は目を細めて笑い、囁《ささや》くようにして言った。

「舐めてやるよ……中までな」

舌先を押しつけた途端《とたん》に、小さく身体が跳《は》ね上がった。

「あっ、あ……」

ここを舐められることに、景はまだ慣れていない。

感じるくせに、触れられることを待ち望んでいるくせに、それ以上の羞恥《しゅうち》を覚えてしまうらしいのだ。

だがそれもまた悪くはないと皓介は思っている。最初は泣きそうな様子を見せる景が、やがて快感に負けて喘《あえ》ぐようになるのがいいからだ。

ぴちゃり、と舌が濡《ぬ》れた音を立てる。

耳を打つのは甘い声と、淫猥《いんわい》な響《ひび》きと、雨の音――。

いつのまにか、雪は雨に変わっていたらしい。

最初からわかっていれば帰ったかもしれないが、今となっては泊《と》まることに決めてよかったと思う。

普段《ふだん》では見られない景をこうして見られるのだから。

窄《つぼ》まった景の最奥を唾液《だえき》で濡らし、舌でゆっくりと溶《と》かしていくのは、けっして面倒《めんどう》なことじゃなかった。

「あ、ぁん…っ、う……」

押さえ込んだ腿は刺激に反応《はんのう》して震え、雨の音にまじって景が甘く鳴く。

最初は舐めてやるだけだ。襞《ひだ》を一つ一つ探《さぐ》るようにして、頑《かたく》なさを解いてやるために柔《やわ》らかく触《ふ》れてやる。

何度抱《だ》かれようと、景のここはいつも皓介を拒《こば》んでみせるからだった。

それから舌を尖らせて、そっと差し入れていく。

「っぁ、や…あぁ…っ」

濡れた声に、皓介の欲望が煽られる。

舌で抜《ぬ》き差しを繰《く》り返しながら、指先もその中へと飲み込ませた。長い指は舌よりも遥《はる》かに深く入り込んだ。

根本まで入れて、ゆっくりと引き出す。

何度かそうしたあと、指を増やして強引に押し入ったが、声は甘いままだった。

中はいつもより熱くて、今にも溶け出しそうだ。

「ひぁっ……！」

景が悲鳴を上げ、びくんと大きく跳ねる場所も、皓介はよく知っている。

強い刺激にならないように、指の腹で撫《な》でるようにして何度も触れてやると、景は淫《みだ》らに腰を揺《ゆ》らした。

「っあぁ！　ん……はぁっ…あ……」

「いいのか……？」

「う、ん…っ……気持ち、いい…」

半ば陶然《とうぜん》となった景は、ひたすら快感を追いかけている。

自分からいいところへ腰をずらし、中の指に擦《こす》りつけようとまでするのも、いつものことだった。

理性をなくした景は、淫蕩《いんとう》な気配を纏《まと》いながらも変わらず美しい。

このままならば、指だけでイクだろう。だから、半端《はんぱ》なところで指を引き抜いたのは故意だった。

「っや……ぁ…」

潤《うる》んだ瞳《ひとみ》が、縋《すが》るように皓介を見つめる。

「指のほうがいいのか？」

笑《え》みを浮《う》かべてからかうと、景は視線を逸《そ》らしてかぶりを振《ふ》った。

「……皓介さんが……いい……」

どくん、と体温が上昇《じょうしょう》するのがわかる。

たまらない。

それでも皓介はことさらゆっくり景と身体《からだ》を重ねていく。

細い腰を引き寄せながら、奥へ奥へと自らを飲み込ませて、反応する身体と景の表情を楽しんだ。

「ぁあっ、あ……ぅ……んっ」

熱い内部が皓介を包み込み、溶けそうなその感覚が残ったわずかな理性をも奪《うば》っていきそうになる。

なくしてもかまわないと、自分の中で囁く声がする。

ぴったりと密着するまで深く身体を繋《つな》ぎ、すぐには動かずに唇も結び合わせた。

「ん……んっ……ぁ……」

舌を吸いながら、指先で敏感《びんかん》な胸をいじってやると、皓介を飲み込んだところがきゅっと締《し》まる。

触れれば触れるだけ、面白《おもしろ》いように反応する場所だった。

キスの合間に景は喘ぎ、後ろで皓介を締めつけて、無意識に腰《こし》を動かそうとした。

おそらく無意識だろうそれを、皓介は無理に力で押さえ込む。

肩《かた》に縋りつく指が爪《つめ》を立てた。何が言いたいかくらいはわかっていたが、あえて無視してなおも胸をいじった。

「ぁんっ、ん……！」

唇をそっと離《はな》すと、官能的に開く唇から甘ったるい声がこぼれた。

「やっ……も…動い…て……」

このまま焦《じ》らしたならば、もっと恥《は》ずかしいことも口にするだろうが、今はそこまでする余《よ》裕《ゆう》がない。

皓介のほうも限界だった。

「あああっ……！」

腰を引いて、突《つ》き上げると、景が艶《なま》めかしい悲鳴を上げる。

前に触れなくても、後ろだけで感じられる身体になった。皓介に貫《つらぬ》かれ、擦られて、溶ける体になったのだ。

最初に抱いたときから、もう何度になるかもわからない行為《こうい》――。

不思議なほど、飽《あ》きなかった。それどころか抱くたびに、のめり込んでいってしまうような気さえする。

まるで甘い毒のように。

「あ…ぁ……っ、ん……あんっ……」

ほっそりとした脚《あし》を皓介の腰に巻きつけて、景は腰を振り立てている。

普段の姿からはかけ離れた狂態《きょうたい》だった。

「やっ、あ…あっ……そ、こ…っ……」

「ここ、がどうした……?」

わかっていて尋《たず》ね、小さくかぶりを振るだけで何も言わない景の弱いところを、意図して突き上げる。

「ぁあっ、あっ……もっ…と……!」

「もっと……?」

「っ……と、突い……てっ……」

かつての皓介ではありえないことだった。こんなふうに、抱いている相手をいたぶるような真似《まね》はしたこともなかったのに。

景がそうさせるのだろうか。

あるいは、もともと備わっていた皓介の質《たち》だったのだろうか。

(どうだっていい……)

もう景しか抱く気はないのだから。

「いやぁ……っ、あ…ぁ——っ……」

尾《お》を引く悲鳴が、心地よく皓介の耳を打つ。

強《こわ》ばったあとで痙攣《けいれん》する、細い身体。強く締めつけてきて、あやうく終わらされそうになるのを皓介はかろうじてやりすごした。

ぐったりと椅子《いす》に沈《しず》み込む様は、意識を半分飛ばしてどこか危なげですらあった。

煽《あお》られてしまう。

もっと淫らに泣かせてしまいたくなる。

皓介は景を椅子の背に向かって座り直させると、後ろから彼を穿《うが》った。

「あっ……ん……ぁんっ……」

椅子のきしむ音が聞こえる。

むき出しになった肩に唇《くちびる》を落とし、嚙《か》みつくようにキスをした。

乱れた浴衣《ゆかた》を纏い、後ろから男に犯《おか》されている景の姿は、言いようもないほどに淫らで美しかった。

終わりが近づく。

「いいか……？」

「う……ん……出し、て……っ」

景は中で出されることが好きだという。はっきりとは言わなかったが、聞いたときに曖昧《あいまい》に肯定《こうてい》したのだ。

それでもわざわざ聞くのは、景にそれを言わせたかったからにほかならない。

皓介は景を深く突き上げ、中で欲望を弾《はじ》けさせた。

「ぁあっ……」

断続的に吐《は》き出されるそれを受け止めて、景は椅子の背にしがみつきながら肉づきの薄《うす》い背中を震《ふる》わせた。

皓介は熱のこもった息を吐き出し、身体を繋いだまま景を膝《ひざ》の上へと引き寄せた。

とても一度では済ませられそうもない。

「ずいぶん感じていたな」

背中から抱《だ》きしめた景の耳に舌を這《は》わせ、息を吹《ふ》き込むようにして囁《ささや》いた。

「っん……」

「そんなよかったか？」

酔《よ》いのせいなのか、それとも場所が違《ちが》うせいなのか、景の乱れ方は普段《ふだん》よりも激しかったと思う。

耳を嚙み、乳首を愛撫《あいぶ》するたびに、景は皓介をきつく締めつけてくる。

再び景を穿つだけの力が戻《もど》ってくるのがわかった。

「ぁっ…や……ん……」

雨はみぞれまじりだ。しゃりしゃりとした、シャーベットをイメージさせる音が耳に染《し》みこんでくる。

もうすぐ日付が変わる。

どうやらこのまま景は二十歳《はたち》の誕生日を迎《むか》えることになるらしい。

(いまさらか……)

確か年を越《こ》したときも、そうだった。年末だとか年始だというものに特別な感覚がないものだから、普通《ふつう》に過ごしていたらそうなったのだ。

「んっ、あっぁんっ……」

「景……」

そうして今、はめたままだった腕時計《うでどけい》が待ち望んだ時を示した。皓介はそれを景の目の前へと持っていく。

「二十歳になったな」

「あ……」

見開いた目から透明《とうめい》なしずくがこぼれ落ちていくのが、皓介の位置からでもよくわかった。

まるで時効成立を待っていた罪人のようだ。景は何の罪も犯してはいないのに、ずっと怯《おび》えながら隠《かく》れ、法律に縛《しば》られなくなるときが来るのを待っていた。

すべては血の繋がらない弟のために。

理不尽《りふじん》で、そして腹立たしかった。

景の中であまりにも強いその存在に、嫉妬《しっと》にも似た感情を抱《いだ》かずにはいられない。たとえ景のほうに恋愛《れんあい》感情はないと知っていてもだ。

景の心に皓介以外の人間が棲《す》むということは、それがどんな感情によるものであっても嫌《いや》なのだ。

笑えるほどの独占欲《どくせんよく》だ。自分でもわかっていた。

「もう大人だから……遠慮《えんりよ》はなしだな」

「え……?」

もちろん、今までも遠慮をしていたわけではなかったが。

腰を摑《つか》んで揺《ゆ》らしながら、中をかきまわす。

「ぁあっ、あ……ん!」

嬌声《きようせい》を放つ景の耳元で、皓介はそっと囁いた。

「たぶん、これじゃ終わらないぞ……?」

嫌だという答えは、返ってこなかった。

6

週の終わり頃にさしかかると、新しい生活スタイルにも慣れてきた。

今までのように好きな時間に起きるということはできなくなったが、その分、夜更《よふ》かしもあまりしなくなったから、寝不足《ねぶそく》を感じることはない。

景が働くようになって、皓介の習慣も少し変わった。

起きてからジムやプールで身体《からだ》を動かし、それから遅《おそ》い朝食を摂《と》って事務所に出るのが彼のスタイルだったのだが、少し早く起きるようになり、戻って景を起こして一緒《いっしょ》に朝食を摂るようになった。

静香と上手《うま》くやれていると思う。

どうやら彼女は皓介と景の関係について思うところがあるようで、ときどきそれを仄《ほの》めかすようなことを口走るが、こちらが反応に困っていると、すぐにさらりと流してくれる。無闇《むやみ》にからかう趣味《しゅみ》はないらしかった。

「えー、この間の日曜日だったの？」

「はい」

「やだ、言ってくれたらケーキの用意したのに」

誕生日はいつかと聞かれて答えたら、ひどく残念がられてしまった。予想外で、景はどう返したらいいものかわからなくなる。

こういうときに皓介がいないのは困りものだった。まぁ、いないからこそ雑談になってしまったのだけれど。

「でもいいなぁ……二十歳だって」

「はぁ……」

「あー、私も二十歳に戻りたい」

二十五歳だという彼女は、何かにつけて景の年を羨《うらや》ましがる。まだ一週間と経《た》っていないのに何度言われたかわからないほどだ。

「いや、でもそんなに変わらないじゃないですか」

「違うのよ」

やけにきっぱりと言い放ち、静香は景を見つめた。

少しばかり目が据《す》わっているように見えるのは、おそらく気のせいじゃない。

綺麗《きれい》な手が上がり、細い指がいきなり景の頰《ほお》に触《ふ》れてきた。思わずびくりと小さく跳《は》ねてしまったが、気にもせず静香は続けた。

「二十歳と二十五じゃ、肌《はだ》が違うのよ……！」

「あの……？」

「ていうか、何これ。触《さわ》ってて気持ちがいいんだけど……水橋くん、異様に肌が綺麗よ。すべすべ。どうして？」

「いや、どうしてと言われても……」

「年だけの問題じゃなさそうね。そういう肌質なんだわ」

静香はじいっと景を見つめて、納得《なっとく》したように大きく頷《うなず》いた。

「所長に、顔のことは言うなって言われてるんだけど、それって何かトラウマがあるとかじゃないんでしょ？」

「別にないですよ」

「よかった。じゃあ遠慮なく言っちゃう。水橋くんて、綺麗よね。って、こんなの聞き飽《あ》きちゃってるだろうけど」

「え……？」

きょとんとして見つめ返すと、ややあって彼女は視線の意味に気づき、逆に怪訝《けげん》そうな顔をした。

「違うの？　申し訳ないけど、君に対する賛辞はそれが一番しっくり来ると思うわよ」

「賛辞って……」

どうにもしっくり来ない言葉だった。皓介はときどき言うけれども、恋人《こいびと》としてのリップサービスだろうと景は思っているし、阪崎はそういうことを口にする人ではなかった。

そういえば、真彦は会うたびに何か一言は口にする。だがあまりにもさらりと告げられるから、半ば聞き流していたのだった。

景がこの五年の間に接した人間はそう多くはない。ホテルやブティックのスタッフがせいぜいである。

その前となると……。

途端《とたん》に景は表情を曇《くも》らせた。

「どうしたの?」

「いえ……」

「やっぱり私、悪いこと言った?」

「そうじゃなくて……あの……実家の人たちには、あんまりよく思われていなかったみたいだから」

もう五年以上も会ってはいない、血の繋《つな》がらない家族——。

弟の貴史を除くと、両親も親戚《しんせき》も、父親が経営する旅館で働く人たちも、景のこの顔を褒《ほ》める人などいなかった。学校では綺麗だとか可愛《かわい》いとか言う者もいたが、貴史が周囲を威圧《いあつ》するようになってからはそれもなくなった。

景にそのつもりがなくても、中性的な容姿が女っぽいとでも思われて、大人たちには嫌がられていたのかもしれない。老舗《しにせ》旅館と、その関連施設《しせつ》を動かしていく跡継《あとつ》ぎとして、景が歓迎《かんげい》されていなかったのは事実なのだ。

あるいは愛想のない景が、単に好ましく思われていなかっただけかもしれないけれど。

「それなんだけど……私、ちょっと思ったのよね」

静香はほとんどの事情を皓介から聞いている。親子関係のほうはかなり大げさに悪く語られていたが。

「もしかして、新しいお母さんて、けっこうきつい人じゃなかった？」

「ええ、まぁ……」

「それで、お父さんよりも立場が強くて、家の中だけじゃなくて旅館のほうでも発言力があったりして」

まったくその通りだった。

その女性は――つまり貴史の母親は、もともとクラブのママをしていた人で、そのせいか景の母親よりもずっと女将《おかみ》として上手く立ち回っていた。如才《じょさい》がないとでもいうのか、社交的で明るくて、話術や掌握《しょうあく》術に長《た》けていたし、実際によく気が回って、彼女のアイデアによって旅館の集客力が上がったのも事実であった。

「たぶんねぇ、その人が君のことを好きじゃなかったと思うのよ」

「それは、そうだと思います」

「だから周囲も右へならえ……だったんじゃない？」

「……そうかもしれません」

確かに彼女が来る前は、さほど周囲も冷たくはなかったと思う。単に以前は、景が唯一《ゆいいつ》の子供だったせいだと思ってきたが、言われてみれば納得することだった。

「前妻の連れ子ってだけでも、馴染《なじ》めない理由としてはありじゃない。しかも君は、きっとその人に嫉妬《しっと》されちゃったんだわ」

「嫉妬？」

「うん。まぁ、推測だけど。ほら、女の子より綺麗じゃない。しかも前の奥さんにそっくりだったんでしょ？」

「そんなことまで聞いてるんですか？」

いつの間に皓介はそんな話をしたというのだろうか。

驚《おどろ》いて目を瞠《みは》ると、静香は大きく頷いて続けた。

「自分より美人な前妻の息子《むすこ》よ？　そりゃ気に入らなくても不思議じゃないわよ。しかも、君も懐《なつ》かなかったんでしょ」

「……はい」

相性《あいしょう》が悪かったと言えばそれまでだ。景だって彼女のことが好きではなかった。だが最初からそうだったのか、嫌《きら》われているとわかったから自分もそうなったのかは、今となってはよくわからなかった。

「君が思うほど、他《ほか》の人がどうこう思ってたわけじゃないと思うけどな」

「あ……ありがとうございます」

「え、どうしてそこでお礼なの?」

「だって、そういうこと言ってもらったのは初めてだから……」

「もう、しょうがないわねぇ、所長も阪崎さんも」

ここにはいない二人を叱《しか》るように呟《つぶや》いて、静香はふっと溜《た》め息をつく。何気なく視線を投げた彼女は、急に居住まいを正して小声で言った。

「噂《うわさ》をすれば影《かげ》ね。所長様のお帰りだわ」

言い終わるか終わらないかのうちに、ドアが開いた。厚い不透明《ふとうめい》なガラスのドアは、景の背中のほうにあるのだった。

「おかえりなさい」

「ああ……。ふん……今まで喋《しゃべ》ってましたっていう雰囲気《ふんいき》だな」

「バレました? 所長の悪口言ってたんですよー」

「そうなのか?」

向けられる視線と言葉は、景に向かっていた。おそらくは本気にしていないだろうから、景は曖昧《あいまい》に頷いた。

「あ、そうそう。お見舞《みま》いの手配をしておきました。明日の十一時頃《ころ》には用意しておくそうですので」

「ああ、すまん」

「水橋くん、明日が楽しみでしょ」

「ええ」

自然と表情が柔《やわ》らかくなる。ようやく堂々と阪崎に会いに行けるのだ。五年暮らした家へも、人目をはばかることなく入っていける。

かつては……特に十八になる以前は、神経を尖《とが》らせて、景は自分の存在を気づかれないようにしてきた。景がいることが知れたら、阪崎に迷惑《めいわく》がかかることは十二分にわかっていたからだ。

景が家を出たのはまだ義務教育を受けていた年だったのだから。

「向こうで一泊《いっぱく》ですか？」

「そのつもりだ」

「いいですねぇ。近くにたくさん温泉がありますもんね」

「そうだな。ああ、もういいぞ。あとは景がやる」

「いいの？」

勝手に決められたことだが異存はない。半人前以下なのだから、それくらいはむしろ当然だった。

「ありがとう。じゃあ、お言葉に甘えて」

うきうきと帰っていくところを見ると、今日もデートなのだろう。聞くとはなしに聞いたところによれば、去年の夏頃からの付き合いだそうだが、相手が忙《いそが》しくて週末にしか会えないのだという。

景は毎日会っている恋人《こいびと》の顔を、じっと見つめた。

「泊《と》まりなんだ？」

「嫌《いや》なのか？」

「そうじゃないけど……旅館？」

「ああ、だが近くじゃないぞ」

だから心配するなと、皓介は言外に告げてきた。

もし組合などで実家と繋がりがあった場合のことを、景がひどく気にするのを知っているからだった。

だが景が気にしたのは、今は別のことだ。

先日、「さがわ」に泊まったときのことを思い出したからだった。

あれはもう狂態《きょうたい》の一言で、景は何度、自分がイったのか覚えてもいない。布団《ふとん》がぐちゃぐちゃに乱れるくらいに抱《だ》き合って、そのまま二人して眠《ねむ》りに落ちてしまい、真彦が朝食を運びにやってくるまで目を覚まさなかった。

知っている人にシーツを剝《は》がされ、布団を畳《たた》まれるときの、あのいたたまれなさ。きっと皓介にはわからないのだろう。

「……旅館で……その、するわけ……？」

「するに決まってるだろうが」

当然のように、さらりと返された。

「じゃあ、ホテルのほうがいい」

「もう予約を入れてある。今度は二間続きだし、帰るまで布団はそのままだそうだから安心していいぞ」

そう言いながら、ふと皓介は笑《え》みをこぼした。

「何？」

「いや、『するな』とは言わないんだな、と思ってた」

「っ……」

かぁっ、と顔が熱くなる。

笑っている皓介から目を背《そむ》け、景は慌《あわ》てて片づけを始めた。

指摘《してき》されるまでまったく自覚していなかった。けれど、『するな』だなんて言うつもりはない。言うはずもない。

皓介に抱かれるのは好きだった。それはもう、ごまかしようのない事実なのだし、皓介が気づいているのも承知していたけれど、こうやってはっきりと言葉で突《つ》きつけられると、ひどくいたたまれなくなる。

視線をあわせないようにして、黙々《もくもく》と仕事を片づける景を、皓介は楽しそうに眺《なが》めていた。

やがてふっと息をついて景が手を止めると、背中に低く響《ひび》く声がした。

「終わったか？」

「一応」

「行くぞ」

本当ならば皓介は先に帰っていてもいいはずなのに、いつもこうして景を待っている。

帰ると言っても、同じホテルの中だ。少し歩き、エレベーターに乗ってしまえば着いてしまう、わずかな時間なのに。

単純に、景には最後を任せられないと思っているのかもしれないけれども。

事務所の明かりを消し、景が先に外へ出ると、思ってもみないところから声が聞こえた。

「景……！」

記憶《きおく》に刻み込まれている声だった。なのに、とっさにそれが誰《だれ》のものなのか、結びつけることができない。

そうすることを、景は無意識に拒否《きよひ》していたのかもしれなかった。

視線を向けることができなかった。

がくがくと、膝《ひざ》が震《ふる》えた。

少し離《はな》れたところからこちらを見つめているのは、この世で最も会いたくない相手だった。

「……水橋貴史くんか？」

近づいてこようとしていた青年の——貴史の足が、皓介の言葉で止まった。

「そうですけど」

丁寧《ていねい》で穏《おだ》やかだが、どこか挑戦《ちょうせん》的に聞こえる言い方だった。景が知っている貴史のしゃべり方とは、どこか違《ちが》う気がする。

五年という年月のせいなのだろうか。

「ここで立ち話をしていても仕方ないな……中に入ろうか」

「皓介さん……」

縋《すが》るような目で皓介を見上げる。

追い返すことは無意味だということくらい、景にだってわかっていた。

どうしてなのかわからないが、貴史がここにいるのは偶然《ぐうぜん》ではないのだろうから。

「このままというわけにはいかないだろう？」

否定はできなかったが、頷《うなず》くこともできなかった。

皓介はドアを開け、落とした明かりを再びつけると、景の背中に手を添《そ》えて中へと促《うなが》そうとした。

震えていた膝が、踏《ふ》み出した足を支えきれずにがくんと折れる。

「あっ……」

とっさに支えてくれたのは皓介の腕《うで》だった。

「景……っ」

「大丈夫《だいじょうぶ》か？」

頷くだけの返事をしながら、景は自らに大丈夫だと言い聞かせる。皓介がいるのだから、こうして支えてくれるのだから、何も怖《こわ》いことはない。貴史には、何もできないのだから。

呪文《じゅもん》のように繰《く》り返し、景は膝に力を入れた。

背中に視線が突き刺《さ》さってくる。見なくても、貴史がじっと景を見つめているのがわかってしまう。

皓介は応接セットに貴史を促すと、景にコーヒーを淹《い》れるように言い、自分は貴史の正面に座った。

「あなたが、樋口さんですか？」

「ああ……そうだ」

「失礼ですが、景とはどういったご関係なんでしょうか？」

淡々《たんたん》と尋《たず》ねる貴史を、景は肩越《かたご》しにちらりと見やった。たったそれだけのことなのに、ひどく勇気がいった。

一重で切れ長の目はもちろん昔と変わらない。賢《かしこ》そうなところも、すっきりとシャープな印象も相変わらずだった。

だがずいぶんと面変《おもが》わりをしたと思う。

男らしく頰《ほお》がそげ、顎《あご》のラインもしっかりとして、まだ子供の顔をしていたあの頃《ころ》とはまったく違《ちが》う。

もともと造作はよかったのだ。美形とか端整《たんせい》とかいうタイプではなかったが、十分にハンサムで、女の子たちからの人気も高かった。

さぞかし、今ももてることだろう。

格好いい……という言葉が、すんなりとはまる青年だった。

まだ二十歳《はたち》の誕生日前だというのに、すでに完成された男といった感じさえする。

昔よりも雰囲気《ふんいき》が少し柔《やわ》らかくなったのかもしれない。

あるいは表情のせいだろうか。

見つめていると、貴史がふいに視線を向けてきて、逃《に》げるように景は顔を背けた。

皓介が口を開いたのは、それからすぐのことだった。

「景は、うちの契約《けいやく》社員だが？」

「いつからですか？」

「なったばかりだがな。今日で五日目だ」

二十歳になってからだと暗に言って、皓介は予想される貴史の言葉を封《ふう》じた。貴史の言いたいことは、わかっていた。

どんなにゆっくりとやっても、コーヒーを淹れるのにさほど時間はかけられない。景は三人分のカップを持って、皓介たちの下《もと》へと戻《もど》った。

自分の一挙手一投足に、貴史の視線が絡《から》んでいるのがわかる。

視線を合わせないようにしながら、景は皓介の隣《となり》に座った。

「今まで……五年もどうしてたんだよ？」

阪崎の名前は出したくなかった。万が一にでも、彼に迷惑《めいわく》がかかることは避《き》けたかった。

答えない景に、貴史はなおも言った。

「この人とずっといたのか……？」

「違う」

「じゃ、どこで何してたんだよ？　学校は？　住むとことか、生活費とか、中学んときに家出た景が一人でどうやって生きてきたっていうんだよ」

「言う気はないよ。それより、どうしてここがわかった？　皓……樋口さんのことを、どこで知ったんだ？」

質問に質問で返すと、貴史は不満そうに嘆息《たんそく》した。だが思いのほかすんなりと言葉は戻ってきた。

「先週の土曜日だよ。知り合いから、カタカナメールが届いたんだ」

「……あ……」

景は目を瞠《みは》り、隣で皓介は目をすがめた。貴史が口にした一件と言えば、まだ記憶にも新しいことだった。

「俺さ、景のこと捜《さが》すために、いろいろやってんだよ。大学でもバイト先でも、人に会えば景の写真と死んだお袋《ふくろ》さんの写真見せて、似た人を見かけたら絶対に連絡《れんらく》してくれって言ってまわってたし……」

信じられない思いで、景は半ば茫然《ぼうぜん》として貴史を見つめる。

まだ景を捜しているらしいとは聞いていた。だがまさか、そんなふうに動き回っているなんて、まして自分の写真が不特定多数の人間の目に晒《さら》されていたなんて、今の今まで想像もしていなかった。

嫌《いや》な気分だ。胃の中へ、泥水が落ちていくような不快感だった。

「で、そいつがさ、車のナンバーもチェックしてくれて、陸運局に照会したら樋口さんの名前が出てきたってわけ。ブティックでも、樋口様って呼ばれてたらしいし」

「そんなこと……一般人《いっぱんじん》に教えてくれるのか……?」

「警察じゃなくても、教えてくれるんだ。個人情報のたれ流しだと俺は思うがな、実際に教えてくれるものは仕方がない」

皓介は重々しく溜《た》め息をついた。彼としても、まさかこんなふうに居場所が知られるとは思ってもいなかったのだろう。

「……すごく心配してたんだ」

少し怒《おこ》ったように、貴史は言った。

「俺も悪かったけど……でも、あんなふうにいなくなって、五年も……。せめて連絡の一つもしてほしかったよ」

「貴史……」

「父さんも、すごく気にしてる。そりゃ……母さんは、あれだけど……」

言いにくそうに貴史は言葉を濁《にご》すが、驚《おどろ》きもショックもなかった。心配している、なんて言われたらかえって信じられない。

さすがに嘘《うそ》はつけないようだった。

「中学んときのやつらだって、景のこと心配してたんだぞ？　旅館の人たちだって、別におまえのこと嫌《きら》ってたわけじゃないんだ。ただ……その、母さんの顔色窺《うかが》ってたっていうか……わかるだろ？」

「……ごめん」

景は膝《ひざ》の上で組んだ手を見つめ、ようやくそれだけ言った。

貴史の言葉が、静香の言葉と重なっていく。あの頃は幼かったせいか、それとも自らを哀《あわ》れんでか、景は周囲が自分を厭《いと》っているものと信じていたのだ。

「だったら帰ろう？」

「それはできないよ」

景は小さな声で、だがはっきりと言った。

「ちゃんと生きてるって、貴史からお父さんたちには言っておいてほしい。心配はしなくていいからって」

景にはわかっていた。心配はしたかもしれないけれど、彼らは景に帰ってきてほしいと思っているわけじゃない。むしろ今さら帰ってこられても、扱《あつか》いに困ってしまうはずだ。ましてまともに就学しなかった景は、あの家の者にとってなんの価値もないだろうから。

「じゃあ、俺のところなら？」

「え……？」

「こっちで一人暮らししてるんだ。大学の近くなんだけど。景一人くらい増えても大丈夫だよ。部屋は一つ余ってるし」

とっさに景はかぶりを振《ふ》っていた。

それこそ、到底《とうてい》受け入れられる話ではない。景が逃げ出してきたのは、あの家でも両親でもなく、貴史なのだ。

視線を意識して、ぞく、と背筋に嫌なものが走る。

今の貴史はあの頃とは違うのかもしれない。あの頃は景に謝るなんてことはおろか、自分が悪いなどとは思いもしない少年だった。景の意見を聞こうともしなかったし、従って当然という態度を見せた。

大人になったということなのだろうか。だから当時のことは、もうなかったものとして考えているのだろうか。

しかしそれを確かめるすべはない。

「そうだ、景はどこに住んでるんだ？」

「どこ、って……」

言っていいものか、と思わず口ごもると、ずっと黙《だま》って話を聞いていた皓介が、隣から張りのある声で答えた。

「私が借りている部屋を提供している」

「樋口さんの？」

怪訝《けげん》そうな視線は、隠《かく》しきれない敵意を滲《にじ》ませている。それが何によるものかは、まだ知れない。

景が連絡をしなかった原因だとでも思っているのか、あの頃の感情が続いているという証拠《しょうこ》なのか。

剣呑《けんのん》さを必死に押し殺すような視線が怖《こわ》かった。

だが一瞬《いっしゅん》でそれは消えた。

「それ、いつからです？」

「去年の秋だ」

まだ夏の名残《なごり》を感じる、暑い日だったことをはっきりと覚えている。

知らず視線が遠くなっていたのだろう。いきなり貴史の視線を感じて、景ははっと我に返った。

「それ、どこ？」

問いかけは景に向けられたものだった。

だが答えは返さなかった。以前の貴史ならば、苛立《いらだ》って無理にでも聞き出そうとしただろうが、意外なことに嘆息だけでそれ以上の追及《ついきゅう》はしてこなかった。

「信用されてないな……」

自嘲《じちょう》して、視線が横を向く。

あのときのことが――景を無理に犯《おか》そうとしたことが原因だと、彼はわかっている。後悔《こうかい》を滲ませるような態度に、新鮮《しんせん》な驚きを感じた。

五年も経《た》てば、人は変わる。

いつまでも景にこだわってはいない、ということなのかもしれない。必死に捜《さが》していたのは、兄弟としての当然の行動なのかもしれない。

頭の片隅《かたすみ》で、景はそう思い始めていた。

「仕方ないけどさ……」

小さな、口の中で呟《つぶや》くような声だった。

「貴……」

「あの、景と二人で話させていただけませんか？」

貴史の視線がまた皓介に向けられる。挑《いど》むようなものではなくて、懇願《こんがん》を含《ふく》んだ真摯《しんし》な目をしていた。

「私がいると都合が悪いのか？」

「……昔のことで、ちょっと話したいことがあるんです。都合が悪いとかじゃなくて……その、あんまり聞かれたくないっていうか……」

ひどくバツが悪そうな顔をして、歯切れが悪い言い方をする。だから景には、貴史がなんの話をしようとしているかがわかってしまう。

隣《となり》の皓介を見ると、彼もこちらを見ていた。

小さく頷《うなず》くと、皓介はゆっくりと立ち上がった。

「外に出ている。終わったら呼んでくれ」

出て行く後ろ姿を目で追ったのは、意識してのことじゃなかった。自覚をしたのは、貴史の声を聞いたあとだった。

「あの人……ただの雇《やと》い主じゃないだろ？」

「何……言って……」

「ごまかさなくていいよ。わかるし……あのさ、俺……」

溜め息まじりに付け足したあと、貴史はしばらく黙り込んだ。話があると言っていたくせに、いざとなったら口ごもるなど、まったく彼らしくない。

らしくない――。そう思ってから、果たしてそうなのだろうかと景は思う。

自分がどれだけ貴史のことを知っているというのだろう。兄弟として暮らしていたのは、ほんの三年足らずだ。そして離《はな》れていたのが五年である。

その間に、少年は青年になった。三月の終わりには、貴史も二十歳《はたち》になる。

変わるには十分な時間だし、成長の著しい時期だった。

ここにいるのは、景の知らない貴史なのだ。

「あのときのこと……本当に悪かったと思ってる。ごめん……。謝って済むことじゃないけど、ごめん」

「……忘れていい」

「できればそうしたいけど……あれが原因で景がいなくなったんだよ？　無理だよ。それに、景のほうだって忘れてないじゃん。だから、嫌《いや》なんだろ？　俺のこと……怖いんだろ？」

ちらりと見た貴史は視線を俯《うつむ》かせ、苦い表情を浮《う》かべていた。後悔と自責をはっきりと滲ませて。

否定してやることができなかった。

本当なら、そんなことはないと、もう気にしていないと言ってやるべきなのかもしれない。そうすれば貴史は楽になれるだろう。

なのにできなかった。

兄として、弟をいたわってやることができない。なんて小さな人間なのだろうか。五年も前のことにいつまでもこだわって、相手が後悔して反省して、こうして謝罪までしているのに、許してもやれない。

それどころか、今も貴史に怯《おび》えているなんて。

「でも、ちゃんと好きだったんだ。あのとき……本気で景のこと好きで……。だからって、あんなことしていいわけじゃないけど……」

「貴史……」

「子供だったんだ」

そう、たぶん景も子供だった。いや、今だって景は子供なのかもしれない。年ばかりはとって二十歳という年になったけれども、中身はあのときのまま、ろくに成長していないのかもしれない。

「……俺も、だよ」

「五年、経ったんだよな。そうだ……二十歳になったんだっけ。おめでとう」

「うん……」

「思ってた通りだった」

まぶしそうに目を細めて、貴史は景を見つめてきた。

「大人になった景は、どんなだろうって、よく考えてた。思った通りだ」

「……そう？」

「うん。すごい美人。俺の彼女もけっこういけてるけど、景のほうが綺麗《きれい》だもんな。きっとそれ知ったら悔《くや》しがるよ」

彼女……という言葉に、景は目を瞠《みは》った。特別なことを口にしたというふうではなく、貴史はきょとんとしていた。

「いるのか？」

「ん？」

「彼女……」

「ああ、いるよ。いたら、変？」

貴史は苦笑《くしょう》しながら逆に尋《たず》ねてきた。

「いや……そういうことじゃないけど……」

むしろ、いて当然だ。長身で顔もよく、頭もいいのだ。黙っていても相手が寄ってくる条件のはずだった。

肩《かた》から力が抜《ぬ》けるのがわかった。

こだわりすぎていたのは、景のほうだ。今でも自分に執着《しゅうちゃく》しているなんて、自意識過剰《かじょう》というやつだろう。

あれから五年経っていると思ったばかりだったではないか。いつまでも、目の前にいもしない相手を——まして男にこだわる理由なんてない。現に貴史は、ちゃんと彼女を作っているではないか。

「写真見る？」

貴史は取り出した携帯《けいたい》電話を操作して、液晶《えきしょう》画面をこちらに向けてきた。

女の子とカメラ目線のまま頬《ほお》を寄せ合い、楽しそうに笑っている微笑《ほほえ》ましい写真だ。

綺麗というよりも、可愛《かわい》らしいといったほうがいいだろうか。目が大きくて、愛くるしい、まだ少女といってもいいくらいの彼女だ。

「……大学生？」

「うん。童顔だけど、タメ。一年のときに合コンで知り合ってさ。だから付き合って一年半くらいかな」

頭の中で数を勘定《かんじょう》したのか、貴史はそれからすぐに大きく頷いた。

「去年、親に会わせたし。ついでだけどな。友達と旅行するっていうから、うちの旅館にすればっていって、いい部屋にしてやったりしたんだけど」

照れくさそうに話す貴史は、母親のテンションがどれだけ上がったかとか、いいお嬢《じょう》さんだと褒《ほ》められたとか、完璧《かんぺき》にのろけているとしか思えないことを口にした。

景のまったく知らない青年が、そこにいた。

自然と、強《こわ》ばっていた表情も柔《やわ》らかくなっていく。

「けっこう、いいとこの子でさ。あ、別に金持ちとかっていう意味じゃなくて、しっかりとした親に、ちゃんと育てられたっていう意味な」

「ああ、わかるよ」

「けっこう可愛いと思うんだけど、自分じゃタヌキ顔だって思ってるらしくて、景みたいなタイプの顔にコンプレックスあるんだってさ」

「俺は、貴史の彼女みたいな顔のほうがいいと思うけど」

少なくとも、黙《だま》っているだけで冷たそうだなんて思われることはない。気取っているとか、お高くとまっているとか、ただ無口で表情が乏《とぼ》しいというだけで他人からそう判断される顔など、景にとってはマイナスでしかなかった。

今では、昔ほどの否定をする気はなかったけれど。

皓介が好きだと言ってくれるから、この顔も、この性格も、以前のように嫌《きら》わずに済んでいるのだ。

「まぁ、あれじゃん？　自分にないものを求めるってやつ」

「そうかもしれない」

ふと笑《え》みをこぼすと、少し驚《おどろ》いたように貴史は黙り込み、それから少ししてとても嬉《うれ》しそうに表情を崩《くず》した。

「よかった。もう、俺には笑ってくれないと思ってた」

「あ……」

「そんだけのことしたからさ、俺……。思い切って会いに来てよかったよ。話したくないなら仕方ないけど、もしいいって思えたら、五年間のこと俺に話してよ」

「そう……だね」

「また、会いに来てもいいかな？」

「……うん」

すんなりと頷《うなず》けた自分に、景はほっとしていた。

会いたいというのを断る理由はない。今の貴史からは危機感のようなものも、嫌な威圧感《いあっかん》も覚えないのだから。

ただ頑《かたくな》な景が、昔の記憶《きおく》を払拭《ふっしょく》できずにいるだけなのだ。

「あとさ、やっぱり一度、実家に帰ろう。顔くらい見せてやってほしいし」

んだけでも」

「泊《と》まらなくてもいいし。十分、日帰りできるだろ？　どうしても嫌《いや》だってなら、せめて父さ
「でも……」

　無下に断ることはできなかった。実母が亡《な》くなってからも、水橋の父親は景を養ってくれて
いたわけで、世話になったという気持ちはとても強い。

　確かに貴史の言うことは正しかった。

「……少し、考えさせてくれないか」

「それは、もちろん。あ、そうだ、携帯《けいたい》って持ってる？」

「一応」

「番号、教えて？」

「あ……番号は覚えてなくて……」

「じゃ、携帯貸して？」

「持ってきてないんだ」

　手にしてまだ一週間と経《た》っていない携帯電話は、部屋に置いたままになっている。番号を知っているのは皓介と阪崎だけだし、昼間は事務所にいる上に、移動時間はほんのわずかだから、持ち歩く必要がないのだった。

　だが貴史は呆《あき》れた様子で笑った。

「それじゃ携帯の意味ないじゃん」

「待ってて。こ……樋口さんに聞いてくる」

「うん」

景は立ち上がり、貴史に背を向けた。

瞬間《しゅんかん》、ぞくりとして、とっさに振《ふ》り返った。

「何？」

「……なんでもない」

不思議そうに尋ねてくる貴史に違和感《いわかん》を覚えながら、景はかぶりを振り、逃《に》げるようにしてドアへと向かった。

7

皓介から聞いた番号をメモすると、景はそれを貴史に差し出した。

怯《おび》えはかなりのところ和《やわ》らいでいるようだった。少なくとも、近づいてメモを手渡《てわた》せるくらいには。

しかしまだぎこちない。緊張《きんちょう》というよりも、怖《こわ》がっているのがよくわかった。

「サンキュ。あとさ、住所とか……」

「それは……」

景は思わずといったように皓介の顔を見た。

隠《かく》しておくことは無理だろう。貴史がその気になり、ここを密《ひそ》かに見張るなり見張らせるなりすれば、ホテルからの出入りがないことはわかってしまう。

そして彼が安全だというならば、教えても支障はないということになる。

「このホテルの中だ」

「え、ええ？」

本当なのか、とでも問いたそうに貴史は景を見る。

「一部屋、借りてもらってるんだ」

嘘《うそ》は言っていない。中で繋《つな》がっているコネクティングルームで、皓介もそこに住んでいることは、ここでわざわざ打ち明けることでもないだろう。物言いたげな顔をするものの、貴史は結局何も言わなかった。

それがかえって不自然に感じた。

「なんか、豪勢《ごうせい》じゃん」

笑う顔もどこか嘘くさい。もっともこれは、先入観と偏見《へんけん》に満ちた、皓介の主観によるものかもしれないが。

じっと見据《みす》えていると、貴史が視線を合わせてきた。

何を言い出すかと思ったら、意外にも——そしてある意味では予想通り、殊勝《しゅしょう》な言葉が飛び出してきた。

「突然《とつぜん》、すみませんでした。あの、景のことよろしくお願いします」

「もちろん」

鷹揚《おうよう》に、余裕《よゆう》の笑みで返してやる。

隙《すき》など見せるつもりはなかった。

貴史と別れたのはエレベーターの前だった。といっても、客室フロアへ行く箱と、オフィスフロアへの箱は違《ちが》うので、一度はエントランスフロアまで下りたのだが。

「それじゃ、また」

やけに弾《はず》んだ声で言う貴史に、景は黙って頷いた。

あっけないほど簡単に、予期せぬ訪問者は去っていった。

その姿が見えなくなる頃《ころ》に、上がりエレベーターが目の前で開いた。仮に一緒《いっしょ》に乗り込むところを見られたからといって特に問題はない。

中へ入って扉《とびら》が閉《し》まると、小さい溜《た》め息が聞こえてきた。

緊張から解き放たれた瞬間だった。

「嚙《か》みつかれたことのある犬に近づこうとしているみたいだったな」

「は……？」

きょとんとして、景はこちらを見上げてきた。

「相手は尻尾《しっぽ》を振っているから大丈夫《だいじょうぶ》だと思いながら、もしかしてまた嚙みつかれるかもしれないと怖がっている……」

目を瞠《みは》ってたとえ話を聞いていた景は、やがてまた息をついた。

「そうかもしれない」

「意外と言えば意外だったな」

「……うん」

「もっと敵意むき出して、力ずくで連れ戻《もど》そうとするかと思ったんだが……。まぁ、考えてみればそれができないことくらいはわかっているんだろうな」

あれはそこまで浅慮《せんりょ》ではないだろう。

部屋に戻ると、景はぐったりしてソファに沈《しず》み込んだ。よほど緊張を強《し》いられていたのか、なかなか口を開こうとはしなかった。

もともと景は自分から積極的に喋《しゃべ》るほうではないのだが。

だから皓介から水を向けた。

「差し支《つか》えなかったら、何を話したか教えてくれ」

隣《となり》に座り、頭を抱《だ》き込むようにして引き寄せると、景はすんなりと肩《かた》にもたれかかって体重を預けてきた。

「あのときのこと、謝られた」

「それは襲《おそ》われたときのことか?」

「うん。子供だったんだ、って言ってた。なんだか……驚《おどろ》いたよ。俺の知ってる貴史じゃないみたいだった」

「一つ聞くが……謝ったのは、そのことだけか? たとえば、ずっとおまえを抑《おさ》えつけてきたことには触《ふ》れなかったのか?」

言われて初めて気がついたというように景は顔を上げて皓介を見つめる。まばたきを何度か繰《く》り返す間、皓介はあえて何も言わずに言葉を待っていた。

景は目を伏《ふ》せて、苦笑《くしょう》をこぼした。

「あれは貴史の中で謝るようなことじゃないんだろうね」

「もしくは、おまえが思うほど変わっていないか……だな」

何しろ五年ぶりの再会だ。最後に会ったのが強姦未遂《ごうかんみすい》のときなのだから、原因がそこにあるというくらいは誰《だれ》にでもわかるだろう。だがそれ以前から積み重ねられたものがあったことは理解できなかったのかもしれない。

「もっとうがった見方をするなら、謝ったのは口先だけってことも考えられる」

「……貴史は、悪いなんて思ってないってこと？」

問いかける視線が揺《ゆ》れていた。

だが景の心の迷いが、そこにははっきりと浮《う》かんでいる。弟を信じたいという彼と、信じきれずに警戒《けいかい》している彼が、決着をつけられずに混沌《こんとん》としているのだ。そして今はまだ後者のほうがずっと強い。

だがそこまでに至ったということが皓介にとっては驚きだった。

あれだけ怯え、五年もの間、自らの存在を押し殺してまで、避《さ》けようとしていたのに。

「今はもうなんとも思っていない、とでも言われたのか？」

「……彼女がいるって言ってた」

「は……」

思わず笑ってしまう。

「皓介さん」

「信じたのか？」

「だって、写真見せてくれたし……いろいろと話してくれたんだ。のろけるみたいに、彼女のこと話してた。両親にも会わせたことがあるって……」

言いながら、どんどん声が小さくなっていく。口にしているうちに、皓介の言いたいことに気づいたのだろう。

「女友達の一人や二人いて当然だ。一緒に写真を撮《と》ることだってあるだろうし、いくらでも架《か》空《くう》の彼女なんぞでっち上げられる」

「でも……っ」

「セフレかもしれないしな」

「そ…んな……」

問い返してこないところを見ると、意味はわかっているらしい。

「なんだ、セフレの意味はわかるんだな」

「それくらい知ってる」

ぷいと横を向いて、景はそのまま押し黙《だま》った。からかったことに対する反応ではなく、おそらくは貴史と話していたときのことを頭の中で再生し、真偽《しんぎ》のほどを見極《みきわ》めようとしているのだろう。

いつまで経《た》っても、反論はなかった。

つまり、信憑性《しんぴょうせい》を立証できるほどのことは何もなかったという意味だ。

「部屋番号を聞こうとしなかったのも不自然だ」

「……皓介さんとの関係も、はっきり聞こうとしなかった。ここに来るまでどうしていたのかも、無理に言わなくていいって……」

「あえて引いている感じだな」

色眼鏡《いろめがね》で見過ぎているのかもしれないが、警鐘《けいしょう》は鳴りやまないのだ。本能的に、あれはまずいと訴《うった》えてくるものがあった。

皓介は景の首筋に指を這《は》わせ、小さな反応を確かめる。

「少なくとも関係については気づいてるさ。もっとも正しい認識《にんしき》かどうかはわからんな。援交《えんこう》のようなものだと思っている可能性もある」

いずれにしても、あれは身体《からだ》の関係があることを悟《さと》っていたはずだ。そうでなければ、あんな目で皓介を見るはずがない。

同じ目を、かつて皓介は阪崎に向けたことがあったのだから。

冷静さを纏《まと》おうとして纏いきれない、雄弁《ゆうべん》な目だった。貴史は冷ややかに、そのくせ強い感情を垣間《かいま》見せながら、皓介を見据えていた。

だからこそ、あんなにも態度が不自然に思えたのだ。

「早くホテルを出たほうがいいかもしれないな」

すでにそのために動いてはいるものの、慌《あわ》てることもないだろうという構えだったのだ。だがそんな悠長《ゆうちょう》なことは言っていられないかもしれない。

「ホテルは、出入りが自由だからな」

特にこのホテルのエグゼクティブフロアは、キーがなくても入れてしまう。そのドアの前まで貴史が来ることは十分に可能なのだ。今はまだ部屋を知られていないが、それも隠《かく》しきれるものではないだろう。

景は溜め息をついて、ぽつりと言った。

「一度、実家に戻れって言われた……日帰りでもいいから、顔を見せてやれって」

「まぁ……道理だな」

無理なことは言っていなかった。義理とはいえども、親に顔を見せろというのは当然のことで、しかも日帰りという妥協《だきょう》までしている。

できすぎていて、気味が悪いほどだ。

「どうするんだ?」

「うん……行ったほうが、いいとは思ってる。一度、ちゃんと会って話して、その上でこっちで暮らしたほうがいいだろうし……」

理性では納得《なっとく》しているのだろうが、気持ちが重いままなのだろう。

無理もなかった。ただでさえ、身の置きどころがなかった場所だし、出てきてしまった形が形だ。余計に戻《もど》りづらいに違《ちが》いない。

「それに、本当にお父さんが会いたがってるかどうかわからないしね。もしかしたら、もう顔も見たくないって思ってるかもしれないから」

「なんでそんなふうに思うんだ？」

「だって、恩知らずだろ」

「景……」

思わず溜《た》め息も深くなる。

どうしてこう、景はいちいち自分を悪く思いたがるのだろうか。どうして他人に甘く、自分に厳しいのか。

見ていると、もどかしくなる。

かつて、貴史によって全否定をされていたせいなのか。だとしたら、腹立たしくてならなかった。

十年前に一度だけ接したときの景は、まだ実の両親と暮らしていた。おとなしい子供ではあったが、こんなふうに自分を卑下《ひげ》するようなところはなかったはずだ。

「おまえのそういうところが、見ていてつらい」

「ごめんなさい……」

「謝れとは言ってない。いいか、勘違《かんちが》いするな。俺はそれを否定する気はないんだ。褒《ほ》められた性格じゃないし、直したほうがいい癖《くせ》だ。それでもな、そんなことはわかっておまえに惚《ほ》れたんだ」

見つめてくる瞳《ひとみ》が、感情によってひどく揺れている。言葉はないが、代わりに細い指先が皓介のシャツにしがみついてきて、想《おも》いを強くぶつけてきた。

背中を抱《だ》いて、軽く叩《たた》き、皓介は続けた。

「否定はしないが、改善はしろよ」

そのほうが今よりもずっと生きやすいはずだから。

「まぁ、最初の頃《ころ》よりはマシだがな。何もかも諦《あきら》めきったようなところはなくなった。もっと俺を惚れさせてみせろ」

「……努力はするけど……」

自信はない、とでも言いたげな口ぶりだった。

「大丈夫《だいじょうぶ》だ。きっとそんなに難しいことじゃない」

宥《なだ》めるようにくちづけたのは、左のこめかみだ。それから唇《くちびる》を滑《すべ》らせて頬《ほお》へ、そして唇へとキスをした。

しっとりと重ねた唇を、深く結び合わせる。

「ん……ん…」

官能の火が灯《とも》るのはとても簡単ことだ。景に会うまで、皓介はそれに気づかなかった。

キスをしながら、シャツの中へ手を差し入れていくのは自然なことで、お互《たが》いに引き返すことはまったく考えていなかった。

互いの熱を交換《こうかん》するような、狂《くる》おしい時間がもうすぐやってくる——。

「っぁ…あ……っ」

心地よく響《ひび》く甘い声を聞きながら、皓介もまた快感の中へと溺《おぼ》れていった。

8

阪崎家の門をくぐるとき、景はひどく感慨《かんがい》深げだった。

五年間暮らした家だというのに門をくぐったことは数度しかなく、日が高いうちにそうしたのは、皓介の下へ行くときだけだったという。

実家を出てここへ来たときは、宵《よい》にまぎれてのことだったらしい。両親の位牌《いはい》を阪崎に預けるためで、それを知った阪崎がただごとではないと判断して景を引き留めたのだった。

行く当てのなかった景からすべての事情を聞き出し、貴史から匿《かくま》って五年。景の生活のすべてだった家。

「庭が……綺麗《きれい》になった」

景がいる間は庭師を入れず、素人《しろうと》の景が手入れをしていたのだそうだ。阪崎家の塀《へい》は高く、近所には高い建物がないこともあって人目を気にすることもないから、庭へはよく出ていたのだという。

出迎《でむか》えてくれたのは阪崎だった。身の回りの世話をしてくれる人は、気を利《き》かせたのか、あらかじめそう言われていたのか、お茶を出すとすぐに出かけていった。

阪崎は五十を過ぎたとは思えないほど若々しいが、さすがに病気のせいか以前よりも老《ふ》け込んでいる。それでも、艶《つや》のある男振《おとこぶ》りは健在だった。

景の父親の親友だった阪崎は、同時に皓介の父親の恩人でもある。大学の一つ先輩《せんぱい》だとかで、学生結婚《けっこん》をした皓介の父親は、結婚のときも就職のときも、阪崎にずいぶんと世話になったのだそうだ。厳密に言えば、阪崎の家の力や人脈ということになるのだが。

それからも幾度《いくど》となく助けられてきたという皓介の父親は、死ぬまで阪崎への恩を口にし、とうとう返せなかったことを悔《く》やんでいた。

そのおかげで景を手に入れられたことを考えると、まだまだ阪崎への恩は返しきれていないということになる。

確かに、この何もかも見透《みす》かしたような感のある男には、どうやっても頭が上がるまい。

「元気そうで安心したよ」

「それ……俺が言うことですよ？」

「いい顔をするようになったという意味だよ。好きな人のそばにいると、やはり違うものなのかな」

「さ、阪崎さん……っ」

景は顔を赤らめて、救いを求めて皓介を見る。その肩《かた》を抱き寄せて、皓介は阪崎に向かって口の端《はし》を上げた。

「大切にして、たっぷりと可愛《かわい》がっていますからね」

「なるほど……」

少しも動じることなく阪崎は頷《うなず》いた。彼は、皓介が景を抱いていることなど百も承知しているのだ。

動じないどころか、余裕《よゆう》で付け足したものである。

「道理で愛されている顔になってきたわけだ」

「からからのやめてください……っ」

「いや、本当にそう思っていたんだよ。やはり皓介くんのところへ行かせて良かったと思ってね。だがもしケンカをしたら、遠慮《えんりょ》なく帰ってきなさい。君のために、いつでもここは開いているからね」

実家のつもりで……と、そう続けたかったのかもしれないが、実際に言葉にすることはなかった。

俯《うつむ》く景は、首まで赤い。

父親のように慕《した》っている相手に、同性に抱かれる行為《こうい》を仄《ほの》めかされたのだ。免疫《めんえき》のない景はきっと絶え入りたいほど恥《は》ずかしいのだろう。

あからさまな表情の変化が、阪崎にはよほど嬉《うれ》しいらしく、こちらも滅多《めった》に見ないほどに目を細めて微笑《ほほえ》んでいる。

あまりからからと機嫌《きげん》が悪くなりそうだから、ここらで助け船を出すことにした。

「実は今週の頭から、うちの事務所で仕事を始めたんですよ」

「ほう……」

阪崎は目を輝《かがや》かせ、強い興味を示して景を見た。

それをきっかけにして、景は近況《きんきょう》を話し始める。皓介と買い物に出ることや、事務所での仕事内容、そして静香に教えてもらったいろいろなこと。

話して聞かせることはたくさんあって、今日は珍《めずら》しく饒舌《じょうぜつ》だ。もっとも、饒舌とはいってもしょせんは景である。話し方はいつも通りゆっくりだし、何度も言葉に詰《つ》まっては、考え考え口にする……といった具合だった。

ときおり、補足を求める視線が来るのだが、皓介はあえてそれを黙殺《もくさつ》し、景に話させるようにしていた。

阪崎も頷いたり相槌《あいづち》を打ったりするくらいで、口を挟《はさ》むことはない。

まるで子供の話を聞く父親のようだと、今ならばすんなりと思うことができた。

そう、阪崎から感じるのは慈愛《じあい》という穏《おだ》やかな想いだ。どうしてこれを取り違《ちが》えたのかと、以前の自分が不思議に思えるほどだった。

(愛人だなんて、な……)

この二人の間には、少しもそんな気配はないというのに。

かつての皓介にとって、無償《むしょう》の愛情などというものは考えつかないものだったのだ。景の美《び》貌《ぼう》を見て、それが目的だろうと当然のように思ってしまった。

「それで、あの……昨日なんですけど……」

いよいよ言いにくそうに貴史の話に入ると、さすがに阪崎の表情も曇《くも》り、皓介の顔を見る回数も増えた。

景を外へ連れ出したことへの、叱責《しっせき》でも来るだろうか。

いつまでも隠《かく》れるように生活することが、景にとっていいことだとは思えない。遊びに行くことは、二十歳《はたち》の青年にとっては当然のことだし、ある程度は必要なことだと皓介は思っている。だが結果として、それによって貴史の目に付いたことも事実なのだ。

だが阪崎はそんな考え方をする男ではなかった。

「普通《ふつう》の生活をしていれば、遠からずそうなるとは思っていたよ。覚悟《かくご》の上だったろう？」

「……はい」

「それでいい。不自然に暮らしていくよりも、ずっといいと思うよ」

頷きながらも、やはり景は浮《う》かない顔をしていた。貴史を疑っていることを口にすることはできないらしい。

「実家へ戻《もど》れって……両親に顔を見せろって、言われました」

「そうだね。貴史くんの言うことも、もっともだと思うよ」

「わかってるんですけど……」

「水橋さんからの連絡《れんらく》はまだなのかい？」

「ええ」

昨日の今日だからなのか、貴史の言う「心配していた」がはったりであったのかは、まだわからないけれども。

とにかく今の段階では、こちらから会いに行こうという気はないのだった。

たとえ、ここから実家がそうは遠くないとしても。

「電話で話してみてから考えるのもいいかもしれないね」

「そうですね……電話で済むかもしれないし」

昨日のうちに連絡がなかったことも、引っかかると言えば引っかかる。心底心配していたというならば、見つかってすぐに連絡を寄越《よこ》してもよさそうなものだ。

何かやんごとない事情があった可能性もあるから、一概《いちがい》には言えまいが……。

「大丈夫《だいじょうぶ》だよ。皓介くんが、ついているんだからね」

黙《だま》って頷く景から、阪崎は皓介へと視線を移す。

信頼《しんらい》という形のプレッシャーだった。

おそらく阪崎は意図してそれを口にしている。何があっても景を守れと、本当はそう言いたいのだろう。

穏やかだが強い視線は言葉よりも雄弁《ゆうべん》だった。

返事を求めようとしないのは、肯定《こうてい》以外は認めないという阪崎の意識の表れなのか。

言われなくても、もとよりそのつもりだったが……。

「もちろん私にできることがあれば、なんでもしよう。遠慮なく言いなさい」

「……俺、阪崎さんに何も返せてない……」

「気にしてほしくないんだがね。私は君を息子《むすこ》だと思っているし、生き甲斐《がい》を与《あた》えてくれたとも思っているんだよ。親が子供のためにしたことだ。何も負い目に思うことはないよ」

愛した人の息子だから……という言葉は、おそらく生涯《しょうがい》告げることはないのだろう。阪崎は口止めをしなかったが、皓介は景に教えるつもりはなかった。

そして、阪崎に万が一のことがあったときに、彼の膨大《ぼうだい》な資産の受取人が遺言によって景に指定されていることも、今は伝えるべきではない。

「それより、今日は日帰りなのかい？」

「あ、いえ……」

「宿を取りましたよ」

宿の名前を告げると、阪崎は軽く頷いて口を開いた。

「離《はな》れかな」

「ええ」

「あそこはいい宿だよ。食事も建物も素晴《すば》らしいし、湯も柔《やわ》らかでね。楽しんできなさい。今までの分もね」

どこにも連れて行ってやれなかったから……と阪崎は呟《つぶや》く。それは阪崎のせいではないというのに、ずいぶんと心残りであるようだ。

「ああ、そうだ。忘れないうちに渡《わた》しておくよ。少し遅《おく》れてしまったが、誕生日のプレゼントでね。送ろうかとも思ったんだが、来てくれるというのでやめたんだ」

そう言いながら取り出してきたのはリボンのかかった小さめの箱だった。

(時計……だな)

箱の大きさから、そう判断する。成人男子に贈《おく》るものとしては妥当《だとう》なところだろう。

礼を言って受け取り、ラッピングを解《ほど》いていく景を見つめながら、皓介はもっといろいろなところへ連れて行ってやるかと、あれこれ考えを巡《めぐ》らせていた。


景が携帯《けいたい》電話の着信を気にする回数が多くなっていた。

かけてくる者といえば、阪崎と貴史、あるいは貴史から話を聞いた実家の者しかいない。だが浮かない顔で液晶《えきしょう》を覗《のぞ》き込むところを見ると、意識を向けているのは阪崎以外だろう。

二人きりで、初めてとも言える「旅行」をしているのに、景はそれを心底楽しめていないようだった。

あとからすぐに行く、と言った景は、まだ部屋にいる。

皓介は部屋の専用露天風呂《ろてんぶろ》に身を浸《ひた》しながら、障子を開け放したガラス戸の向こう側を眺《なが》めた。

景は携帯電話を手に、神妙《しんみょう》な顔つきで話している。

声は聞こえない。だが相手が誰《だれ》なのかはその様子でわかった。

ひたすらの、緊張《きんちょう》。表情は硬《かた》く、しきりに頷《うなず》いているが、怯《おび》えたところはまったくない。だからおそらくは実家の父親——水橋だろう。

やがて電話を切ると、ガラス越《ご》しに景がこちらを見て、立ち上がった。

視界から消えた景はそれからすぐに、裸《はだか》で庭へと続く扉《とびら》から出てきて、飛び石をいくつか踏《ふ》んでひどく寒そうに湯に身を沈《しず》めてきた。

「寒くて死にそう」

「この時季は、ちょっと厳しいな」

「物好きだね。内風呂《うちぶろ》だってあるのに」

「内風呂なんぞ、どこだって入れるだろうが。それに、なんだかんだいって来てるのは誰《だれ》なんだ？」

少し離れたところにいる景は、少し黙って、平らな声で言った。

「皓介さんに付き合ってやってるんじゃないか」

「そりゃ悪かったな」

「あ……電話……」

かすかに聞こえてくる音に気づいて、景は慌《あわ》てて風呂《ふろ》から上がりかける。

それを皓介は、腕《うで》を摑《つか》んで制した。引き寄せて、腰《こし》を抱き込《だ》んで力で引き止めると、ばしゃんと湯が跳《は》ね上がった。

飛び込んできた身体《からだ》を受け止め、腕に馴染《なじ》んだ身体の感触《かんしょく》を楽しむ。

幾度《いくど》となく見て、触《ふ》れて、抱いてきた身体だというのに、シチュエーションが違《ちが》うだけでいつもとは違う興奮があった。

「ちょ……皓介さんっ」

「あとでいい」

「でも、実家かもしれない」

「意外だな。そんなに話したいのか？」

背中から抱きしめて、耳に唇《くちびる》を寄せると、腕の中で細い身体がびくりと竦《すく》み上がった。感度がよくて、楽しくなる。

「そういうわけじゃ、ないけど……」

「けど、なんだ？」

「何か言い忘れたことがあったのかもしれないし……もしかしたら、都合がついたのかもしれないし……」

「うん？」

「明日は都合が悪いって言ってたから。できれば、ここから皓介さんと一緒《いっしょ》に行けたらいいと思ってたんだけど」

「なるほどな」

ここからならば、一時間ほどで景の実家へ着くことだろう。それに貴史を抜《ぬ》きにして、対面を果たすことができる。もっとも貴史ならば、急いで帰省することも十二分に考えられたが。

再び、電話が鳴った。

「あ、また……」

「どうせ取る前に切れる」

携帯電話の置いてある居間に戻《もど》るまで、あれが鳴り続けているとは思えない。まさか濡《ぬ》れたまま部屋に上がるわけにもいくまいし、もたもたしている間に切れてしまうだろう。

まして入ったばかりでまだ身体も温まっていないから、風邪《かぜ》をひきかねない。

「上がってからかけ直せばいいだろうが。一時間も二時間も入っているわけじゃあるまいし」

「う、ん……」

ようやく納得《なっとく》したのか、景の身体から力が抜けた。

こうして抱きしめていても、腕から逃《に》げようというそぶりは見せない。皓介に触れられることが景は好きなのだという。

人目があったなら、おとなしくしていないだろうが、幸いにして専用の風呂だ。囲いがあって、見られる心配もない。

露天風呂は二人で入るには十分な広さだ。部屋も二間あって十分に広く、阪崎が言っていたように食事もよかった。

部屋に案内される間も、部屋づきの仲居が茶を淹《い》れたり食事を運んできたりする間も、景はほとんど俯《うつむ》き加減だった。こういうところに男が二人で泊《と》まって、どう思われているのかを気にしているからだ。

あいにくと皓介は、そういうことを気にする神経を持っていない。抱く側と抱かれる側の意識の違いというやつかもしれないが……。

「水の音しか聞こえないね」

「ああ……そうだな」

目の前は川で、聞こえてくるのはその流れの音くらいだった。離れは他《ほか》にもあるが、それぞれが距離《きより》を置いて建っていることもあり、他の客の立てる音も聞こえてはこない。まして今日は、山のほうで降ったという雨のせいで川の水量も多いそうだ。

逆を言えば、こちらの音も聞こえないということだった。

「少しくらい声を上げても大丈夫《だいじょうぶ》だな」

「ここで？」

「いやか？」

「さすがにそれは、ちょっと……。それに、のぼせそうな気がするし。身体を出したら寒いじゃないか」

景は小さく溜《た》め息をついた。視線の先には、いつ降ったものか、雪の固まりが残っている。そして外気温が低いのも事実だった。

「じゃ、途中《とちゅう》までだな」

「途中って……」

焦《あせ》って振《ふ》り返ろうとする景をきつく抱きしめて、後ろから耳朶《みみたぶ》を軽く噛《か》んだ。

「っ……」

「声、出せよ。どうせ聞こえやしない」

前に回した手で肌《はだ》を撫《な》で回すと、景の身体に力が入る。胸から腹、腰から腿《もも》へと指を滑《すべ》らせると、身体が小さく跳ね上がった。

「ああ、それでどうだったんだ？　義理の親父《おやじ》と話したんだろ？」

「うん……」

「なんだって？」

「心配したって……それ、で……一度顔を見せてくれって言…ぁん……っ」

予告もなしに中心に触れると、思わずといったふうに声が上がり、とっさに膝《ひざ》が閉じられる。もっと奥に触れようとしていた手は、その行動を阻止《そし》されてしまう。

「いつもと一緒だろうが。脚《あし》を開け」

「一緒じゃない。ここ、外じゃないか」

「やることは一緒だ。それとも、違うことをしてほしいのか？」

「そんなこと言ってないだろ」

肩越《かたご》しに、睨《にら》むように見つめてくる目がぞくぞくするほど色っぽい。

皓介は景の両膝《りょうひざ》に手をかけ、耳や首にキスをしながらゆっくりと左右に開いていく。

言葉ではなく行動で促《うなが》せば逆らわないのだ。わかっていたことだが、つい皓介は笑《え》みを誘《さそ》われてしまった。

「それで？」

手を忍《しの》ばせて奥を撫でると、ひく……と景は喉《のど》を鳴らした。

「あ……明日は、会合が……って……いない、って……」

「他には？」

「貴史のところで……暮らせって……」

「ふん……」

帰ってこい、とはさすがに言わなかったらしい。もっとも貴史としても、実家に帰られるよりは自分のところにいてほしいだろうから、このあたりはそう提案するように言い含《ふく》められているのかもしれない。

疑い出せばきりがなかった。

「いろいろ……貴史から、話……聞いたみたいで、五年間……どこで、何してたのかって……聞かれた」

うわずる声を必死に抑《おさ》えて、景は簡潔に電話の内容を口にする。

「なんて答えたんだ？」

「っぁ……あぁ……！」

空いた手で胸をいじり、口で耳朶を愛撫《あいぶ》すると、景は喘《あえ》ぎながら身を捩《よじ》る。そのたびに湯が波打ち、水音を立てた。

「景？」

「ん…あ……っ、いろいろと、バイト…して、生活してたって……」

「なるほどな」

妥当《だとう》なところだろう。信じるか信じないかは別として、他に納得させられそうな話はそうそうない。たとえ向こうが阪崎の存在を嗅《か》ぎつけていたとしても、けっして彼の名前を出すことはしないと決めたのだ。

「俺のことは聞かれたか？」

「少し……。どうやって……っん…、知り合ったのか…って……」

「へぇ？」

どう答えたのか純粋《じゅんすい》に興味があった。

だが愛撫を止《や》めるつもりはない。たとえ景がしゃべるのに苦労していようが、それはそれだ。待てるほど、今の皓介は我慢《がまん》が利《き》かないのだ。

「ああっ、や……も…出、る……だめっ……！」

「うん？」

「お湯……汚《よご》れ…る……」

「じゃ、しっかり捕《つか》まってろ」

皓介は耳元でそう囁《ささや》くと、景の身体《からだ》をひょいと横抱《よこだ》きにした。


景は内風呂《うちぶろ》の床《ゆか》に座り込んだまま、皓介がシャワーを出すのをぼんやりと見つめていた。

適温の湯が上から降ってくる。

露天風呂《ろてんぶろ》からの出入りは、この内風呂の中にあるドアからするようになっているのだ。ユニットではなく、タイル張りにヒノキの浴槽《よくそう》というスタイルだった。

ここに下ろされてすぐにイかされて、まだ絶頂の余韻《よいん》から抜《ぬ》け出せないでいる。いつもそうだった。

余韻というよりは、単に力が入らないといったほうが正しいのかもしれないけれど。

シャワーと同時に、浴槽に湯が溜められていく。チェックインしたときに為された説明によれば、内風呂の湯も温泉を引いてあるのだそうだ。

「で、俺とはどうやって知り合ったことにしたんだ？」

「……事故のこと言ったんだ」

「昔の、あれか？」

「そう。それで……ずっとやりとりはなかったんだけど、俺が皓介さんの名前を覚えてて、去年の夏に、名前を見つけて会いにいって……それで、昔のことを持ち出して、世話になってたって言ったんだ」

「まるで昔のことを盾《たて》にして、俺を脅《おど》したみたいな言い方だな」

皓介が面白《おもしろ》そうにくすりと笑う。

昨日からあれこれと考えていたことだったのだ。それが一番、無理がない。事故の被害者《ひがいしゃ》と加害者の関係だったのも、阪崎が恩を盾にして景を引き取らせたのも事実なのだから。

「だって、本当のこと……だし……」

「じゃ、俺は脅されてこんなことまでしてるのか。それは知らなかったな」

「やっ……」

するり、と最奥《さいおう》を指先で撫でられて、腰《こし》が跳《は》ね上がる。

イったばかりの身体は、自分でも驚《おどろ》くほど敏感《びんかん》だ。シャワーの飛沫《ひまつ》が当たるだけでも、胸の粒《つぶ》がぴりぴりと感じてしまっている。

声が震《ふる》えるのを止められない。びくびくと身体が反応していることに、皓介はとっくに気づいていることだろう。

「縁《ふち》に摑《つか》まってろ」

言われるままに、景は浴槽の縁に摑まった。膝をついて腰を上げる格好は、何度しても慣れることのない恥《は》ずかしい格好だ。

似たような格好で、今までもここを舐《な》められたり指を入れられたり、皓介に貫《つらぬ》かれたりしてきた。

だが浴室では初めてだった。

尻《しり》に皓介の手が触《ふ》れる。来るべき感触《かんしょく》を予感して、身体は期待と不安に震えていた。

なのに舌や指の代わりに、皓介は言った。

「だったら、勝手にするわけにはいかないな」

「……え？」

「言われたことを、しないと」

振《ふ》り向くと、晧介は端整《たんせい》な顔に笑みを浮《う》かべていた。

余裕《よゆう》に縁取《ふちど》られた意地の悪い顔だ。

優《やさ》しいこの恋人《こいびと》は、ときどき変なふうに意地悪だった。景を恥ずかしがらせたり、他愛もないことで泣かせたりしようとする。

黙《だま》り込んでいると、晧介はシャワーヘッドを手にして、景の身体に飛沫を揺《ゆ》らしてかけた。

「ぁ……っ」

逃《に》げようとしても、身体を押さえ込まれてしまって上手《うま》くいかない。

「どうする？　自分でするなら、それでもいいぞ？　見てみたいしな」

「悪趣味《あくしゅみ》……」

「今さらだろ？」

確かにそうだ。わかっていて、景は晧介が好きなのだ。彼の子供じみた部分すら、愛《いと》おしくてたまらない。

それに疼《うず》く身体が、このままではつらくて仕方がなかった。一度イったというのに——いや、だからこそ、この先にある甘く激しい快感を求めてしまう。

景は目を閉じて、シャワーの水音に自らの声を被《かぶ》せた。

「……抱《だ》いて」

「抱きしめればいいのか？」

わかっているくせに、と責めたところで意味はない。

「そこ、を……皓介さんので、突《つ》いて……」

「いきなりじゃ、入らないぞ？」

「ゆ…指で…ぃ……じって……」

限りなく正気に近いときに言うのは、くらくらするほど恥ずかしい。いっそ理性があやしくなっているときならば、ここまできつくはないだろうに。

「指の前に、サービスだな」

皓介は浴槽に落としていた湯を止めると、ヘッドを床に放《ほう》り出したまま景の背中にくちづけた。

「あ…あ……っ」

舌先が背筋を伝い下りていく。

ぞくぞくと身体の内側から震えが来て、景はぎゅっと目を閉じた。

熱く湿《しめ》ったものが、やがて景のそこにたどり着く。まるでそれ自体が生き物のように這《は》い回り、中に入り込もうとする感触に、景は泣きそうな声を上げて背中を波打たせた。

「ぁんっ……ん……や…ぁ……っ」

中で蠢《うごめ》くものに、溶《と》かされていく。

内壁《ないへき》が自ら喜んで絡《から》みついていくような錯覚《さっかく》を起こし、もっと強く、激しくしてほしいと、ねだるように腰が揺れた。

言葉遊びにもう飽《あ》きたのか、それとも最初に突いてと言ったことでよしとしたのか、皓介はさらなる要求をすることもなく、同じ体勢のまま後ろから貫いてきた。

「ああっ、う……！」

じりじりと入り込んでくるその熱さに身体が歓喜《かんき》する。

声を抑《おさ》えられない。

そして抑える必要もない。

内側からめちゃくちゃにかき乱され、どうしようもない快感に理性が飲み込まれていって、景は腰を揺らしながら甘く鳴き続けた。

抱かれている間は、何も考えないでいられる。

「ぁんっ、あ……っは、ぁ……！」

何度も何度も打ち付けられ、腰を摑まれて揺さぶられた。

引いていくたびに総毛立つように感じ、奥深くまで穿《うが》たれるたびに溶けるような快感に襲《おそ》われた。

中が、皓介でいっぱいになっている。

この身体は、この男に愛されるためにあったのだと、なんの疑問もなく信じられるひととき

だった。

「も……っと……あっ、ぁ……ん！　い……いっぱい……して……っ」

壊《こわ》れても、かまわないから。

胸がつぶれそうなくらい好きな人に、愛してやまない人に、こうして抱いて壊されるのならば、そんな幸せなことはないから。

「知らないぞ……？」

苦笑《くしょう》まじりの声が背中に響《ひび》く。

半ば理解しないまま、景は頷《うなず》いた。

意識を失うそのときまで、ずっと抱いていてほしいと、そう思った。

9

「どうやら彼女がいるというのは本当らしいな」

皓介はテーブルの上にばさりと報告書を放《ほう》り出し、ネクタイを緩《ゆる》めながらそう言った。

知らない間に、人を動かしていたらしい。貴史の素行調査結果だったが、捲《めく》ってみるつもりはなかった。

必要なことならば、皓介が教えてくれるだろう。

「お互《たが》いの家の行き来もあるようだし、周囲の声を拾っても、付き合っているということに疑問を抱《いだ》く者はいなかったそうだ」

「そう……」

肩《かた》から少し力が抜《ぬ》けた。あの頃《ころ》の執着《しゅうちゃく》は、もうないと考えてもいいのだろうか。彼が景を捜《さが》していたのは、弟としての当然の行動だったと――。

だが皓介は難しい顔をしたままだった。

「何か、問題があったのか？」

「ないな。少なくとも、その報告書を見た限りでは、何も」

それこそが不満なのだと言わんばかりだった。

上着を正面のソファの背にかけて、隣《となり》に座ってきた皓介を、景は問うように無言でじっと見つめた。

皓介はふっと息をついた。

「完璧《かんぺき》すぎるくらいだ。成績優秀《ゆうしゅう》、そこそこ真面目《まじめ》で、適度にハメも外すが十分に常識の範囲《はんい》内だ。むしろ大学生としては当然だな。サークルに入って友達も多くて、人気者。もちろんもてるが、彼女以外に摑《つま》み食いをしたという話も聞かない」

「そうだろうね」

貴史は中学生のときから、そうだった。生徒会の役員をやりながら、部活も熱心にやっていて、女の子から絶大な人気を得ていたが、見向きもしなかった。その代わりに景をかまっていたから、おかしな噂《うわさ》が立ってしまった。

そういった意味では、昔と同じだった。意外なことは何もない。

「何が問題?」

「言っただろうが。報告書に問題はないんだ」

「じゃ、どうしてそんな顔してるわけ?」

「納得《なっとく》できない、ってことだ。どうも嘘《うそ》くさい」

「根拠《こんきょ》は?」

景は溜《た》め息まじりに問いを重ねた。

疑いを抱く気持ちはわかった。景だって、すっかり安心したというわけではない。だが、あれから何度か貴史と話した限りでは、昔とは確実に違《ちが》っていたのだ。

一日おきくらいに貴史からは電話がある。最初はびくびくしながら出ていたのだが、二週間ほど経《た》った今は、ボタンを押すことに最初の頃ほどの抵抗《ていこう》はなくなった。

貴史は昔の話をしたがらない。それはつまり、あの頃のことはなかったことにしたい、と思っている証拠《しょうこ》ではないのか。かつての行動を恥《は》じているから、口にできないのだろうと景には思えるのだ。

「根拠は、俺のカンだな」

「カン……て……」

景は唖然《あぜん》として貴史を見つめた。

「俺を見たときの目つきが、普通《ふつう》とは言い難かった」

「警戒《けいかい》してたんじゃなくて……？」

「言わなかったか？　あれは、俺とおまえの関係を疑ってる……いや、確信に近いものがあるって目だ」

まぎれもなく事実だが——と、皓介は付け足した。

気配を察するのは、そう難しいことではないだろう。男同士という考えがまったく頭にない人間ならばともかくとして、貴史はかつて景を犯《おか》そうとまでしたのだ。

「昔とは、俺を見る目が違ってた。昔のあれは、一過性っていうか……子供だった、ってことじゃないのかな」

「一度しか会ってないだろうが。それも短時間だ。それだけの時間なら、隠《かく》すことだってできるだろうさ」

あくまで皓介は貴史への疑惑《ぎわく》を捨てないつもりらしかった。

「でも……」

「あっさりと信用したもんだな」

吐《は》き捨てるような言い方に、景は目を瞠《みは》る。

ひどく機嫌《きげん》が悪い。景には貴史をかばうつもりはなかったのだが、そう聞こえてしまったのかもしれない。

妬《や》いているのだろうか……？

だが確かめることはできなかった。

「……一応、弟だし……」

兄弟という意識は希薄《きはく》だったけれども、一番近い存在だった時期は確かにあったのだ。

内向的だった景を支えてくれようとしたことも事実だ。純粋《じゅんすい》な好意からだったと今でも思う。

だがそれが恐《おそ》ろしいくらいの束縛《そくばく》と干渉《かんしょう》にエスカレートしていったときに、耐《た》えきれなくなって逃《に》げ出してしまったのだ。

景の自我を認めないほどの、強い支配。

だがそれだって、悪意ではなかったはずだ。

身体《からだ》ばかりが大きかったけれど、貴史はあのとき景と同じ中学生で、ものの加減というものができなかったのかもしれない。自分がついていてあげなければ、という気持ちが、強すぎたのかもしれない。

今はそう思うことができる。

あの頃は、とてもそこまで思えなかったけれども。

「甘い、って言うかもしれないけど、貴史はあのとき子供だったんだ」

もちろん自分も——と景は心の中で言い加えた。

「今だって子供じゃないとは限らない」

「貴史は変わったよ」

「そうかもしれんが、いい方向に変わったと証明できるか？　大人になった分、知恵《ちえ》もついて理性で取り繕《つくろ》うことも上手《うま》くなったはずだ。同じ理由で、表面はともかく中身は子供のままだってことも十分にありうる」

「……きっと、平行線だね」

たぶん皓介の考えが変わることはないだろう。まして真っ向から反対意見を貫《つらぬ》き通すほどの自信が、まだ景にはないのだった。

信じたい――。そう思っているのであって、信じているわけではないのだから。

「自分でも呆《あき》れるくらい狭量《きょうりょう》だと思うがな、おまえも甘すぎる。逃げ出して、五年も隠れてたほどの相手なんだぞ」

「……うん。でも、俺ももう二十歳《はたち》だから。年取ったからって大人になったわけじゃないけど、貴史だけ悪者にして逃げてるだけじゃだめだと思うんだ。言いなりだった自分にも原因はあったと思うし。俺がもっとちゃんと意思表示していれば、貴史をエスカレートさせないで済んだはずなんだ」

「景……」

「俺、間違ってる？」

「いや」

バツが悪そうに皓介は嘆息《たんそく》した。そういうところは、さすがに大人だと思う。冷静な部分もちゃんとあって、無闇《むやみ》に自分を押し通そうとはしなかった。

「貴史と向き合うよ。自分の中でもケリつけなきゃいけないし」

「驚《おどろ》いたな。いつのまに、そんなに強くなったんだ？」

「自分でもわからないけど……。たぶん、皓介さんがいるから……かな」

一人では、きっとこんなふうには思えなかった。皓介が認めてくれたおかげで自信を持つことができたのだ。その影響《えいきょう》は少なくはないだろう。

もちろん阪崎の存在も無視することはできないけれど。

皓介はもう一度嘆息し、ソファに深く凭《もた》れて笑う。

「まぁ、弟の影《かげ》が消せるなら俺としても願ったりだ。ただし疑いは持ち続けるぞ。嫉妬《しっと》半分でな」

冗談《じょうだん》めかして皓介が言い、景に手を伸《の》ばしてこようとしたときに、まるで邪魔《じゃま》するように景の携帯《けいたい》電話が鳴り始めた。

相手は貴史だ。

これでまた、皓介の中で貴史の株が下がったことは間違いない。

憮然《ぶぜん》とした様子を横目で見ながら、景は通話ボタンを押して立ち上がる。相手が阪崎だろうと貴史だろうと、電話をするときは一人を望む景なので、皓介も邪魔しようとはしなかった。

もっともだからこそ、やきもきしてしまうのだろう。

「はい？」

『あ、ごめん。俺……ちょっと早かった？　仕事、終わってたか？』

「大丈夫《だいじょうぶ》」

そもそも仕事中ならば電話には出ないのだが、それはあえて言わないことにした。

ツインルームに入り、ベッドに腰《こし》かける。話はいつものように、他愛もない互《たが》いの日常のことだった。

貴史は本当に、なんでもないことを聞きたがる。今日は何時に起きたのか、何を食べたのか、テレビは何を見たのか——。

なんだか普通の兄弟や友達といった感じがして、貴史とこんなふうに話せることは驚きですらあった。

不自然であることはわかっていた。互いにかつてのことなど忘れたふりをして、和《なご》やかな関係を形作っている。まるでずっと昔から、こういう関係だったかのように。

景は心の中にある怯《おび》えを押し殺すようにして、対等である自分を演じていた。

だが演じ続けていれば、いつか本当になるのかもしれない。そう思うことで、不自然さに目を瞑《つぶ》った。

『あ、そうだ。急なんだけど、来週の火曜日、仕事休めないか？』

「火曜？　何？」

『実はさ、母さんが出かけるって言うんだよ。だから、ちょうどいいじゃん？　もちろん日帰りでいいし』

実家へ行こうという誘《さそ》いだった。義母のいない日がいいんじゃないかと、前からそう提案してくれていたのだった。

相変わらず義母は女帝《じょてい》であり、五年前よりも義父の立場は小さくなっているのだという。景が見つかったことで、あまり機嫌がよくないということも聞かされていた。

「聞いてみないと、わからないけど」

『ああ、うん。じゃ樋口さんのOK出たら、電話して』

「わかった」

以前ほど思いきりが必要、というわけでもなかった。いつかは行かなければと思っていたし、顔を見せて、サインした書類を渡《わた》して、すっきりしたいという気持ちもあった。

景は相続の放棄《ほうき》と、分籍《ぶんせき》をするつもりだった。前者は貴史にも話し、実家にも伝えてもらっているが、後者はまだ黙《だま》っている。貴史に言うよりも、直接義父に言ったほうがいいだろうと思ったからだ。

『俺も行くけど、いいよな？』

「……うん」

平日ならば皓介についていってもらうわけにはいかない。だいたい一人で立ち向かえないようでは、あまりにも情けないではないか。つい今し方、ケリをつけると宣言したばかりなのだし。

数時間も二人きりでいるのは正直なところ緊張《きんちょう》することだったが、密室ではないのだから、警戒《けいかい》することはないだろう。話だって、電話のように他愛もないことを言っていればいいことだと、自らに言い聞かせる。

「手土産《てみやげ》、何がいいかな」

『いいって、そんなの。景が顔見せればいいんだって』

気を遣《つか》いすぎだと笑う貴史は、とても嬉《うれ》しそうだった。喜んでくれているそれに嘘《うそ》はないと思う。

当然のように信じられるようになればいいと、願わずにいられなかった。


窓ガラスについた水滴《すいてき》を見つめながら、景は小さく溜《た》め息をついた。

この雨は夕方まで続くという。ただ実家のほうは雨が降らないというから、傘《かさ》は持っていかないと決めた。

どうせ駅まではタクシーを使うことになっているのだ。

貴史に付き添《そ》われて実家へ行く。そう言ったときの皓介の反応は、仕方がない……という感じだった。雇用主《こようぬし》にすぎない表向きの立場では、あまりその存在を前面に出すことはできないし、仕事もある。その代わり、電車の切符《きっぷ》を手配してくれたのである。間違っても、貴史が個室など取らないように……と。

貴史からロビーに着いたという連絡《れんらく》があったのは、約束の午前九時だった。まだ朝食会場のレストランへと出入りする宿泊客《しゅくはく》が数多く見られる時間である。

「それじゃ、行って……」

「下まで行く」

まだ出社するスタイルではなく、ラフな格好の皓介は、景が昨日のうちに買って置いた土産《みやげ》の紙袋《かみぶくろ》を手にした。

「いいよ。下まで行くだけだし、駅まではタクシー使うし」

「うるさい。行くぞ」

こんなところで、こんな理由で押し問答をしていても仕方がない。景は早々に諦《あきら》めて、皓介に続いて部屋を出た。

景の荷物は土産の袋と、日常使いのショルダーバッグだけだ。日帰りだから、それ以上は必要がない。

「週末には引っ越《こ》しだ」

「うん」

移り住むマンションはつい先日——二日前の日曜日に決まったばかりだった。ここからそう遠くない、新築の三ＬＤＫである。

下層階にテナントが入るスペースがあるというので、事務所を移すことも考えているらしいし、敷地《しきち》内にはスポーツジムまであるそうだ。

生活のリズムを変えるつもりはまったくないようである。

そういうところがとても皓介らしかった。

「着いたら電話しろ。帰るときにもな」

「わかってる」

エレベーターで下りていくと、フロント近くの椅子《いす》に貴史が座って待っていた。こちらも遊びに行くような軽装だった。

「おはようございます」

貴史は皓介に向かい、ぺこりと挨拶《あいさつ》してきた。が、やけに今日は覇気《はき》がなく、それにはすぐに皓介も気づいたようだった。

「何かあったのか？」

「いえ、別に……」

言いかけて、咳《せ》き込んでしまった。

「風邪《かぜ》？」

「あー、うんまぁちょっとね。でも大丈夫。大したことないし」

無理に笑っているが、この声もやはり元気がない。しゃべったそばから大きな息をつくし、ずいぶんとつらそうに見えた。

「つらいなら、帰って寝《ね》てたほうがいい。俺一人でも大丈夫だから」

「平気だって。父さんにも、ちゃんと景を連れてこいって言われてるし。あ、そうだ。今朝、電話で話したけど、楽しみにしてたよ」

「そうか……」

まぁ半分は、貴史のリップサービスだろう。実家にいる間、景と義父はそれほど互《たが》いに関心があったわけではなかったのだから。

懐《なつ》くこともなく、後妻からは煙《けむ》たがられていた、前妻の子供――。景のことを持てあましていたというのが、まぎれもない事実だ。

「東京駅までタクシーを使ってくれ。もともとそのつもりで景にも言っておいたが……」

「あ……はい。助かります」

大きく頷《うなず》いて、貴史は景に目をやる。行こう、という合図だった。

三人で外へ出て、タクシーのドアが開いたところでようやく皓介が手にしていた袋を景に渡した。

「気をつけて行って来い」

「うん」

「貴史くんもな」

「ありがとうございます」

景から先に乗り込んで、皓介に見送られる中をタクシーは走り出した。

雨は少し小降りになっていて空も明るくなっていた。予報では夕方まで降ると言っていたが、降ったり止《や》んだりを繰《く》り返すのかもしれない。

景は努めて外を見るようにしていた。運転手がいるとはいえ、貴史とこうして並んで座っているのはどうにも気詰《きづ》まりだった。電話だと気にならなくなっていることでも、実際に会うとまた違《ちが》うものだと思い知った。

ふいに隣《となり》で貴史がこほんと咳《せき》をした。

振《ふ》り返ると、大きな息を吐《は》き出して背もたれに身体《からだ》を預けているところだった。とてもだるそうに目を閉じていた貴史は、まるで視線に気づいたかのようにこちらを見た。

「ごめんな。うつさないようにするからさ」

「本当に大丈夫《だいじょうぶ》なのか？」

「一応、薬飲んだし。そのうち効いてくるよ。それよりさ、俺んとこ来るって話、ちゃんと考えてくれてる？　ホテル暮らしって、不便だろ？」

「もう慣れたよ」

週末には引っ越すことになっているのだが、それはまだ貴史には言っていなかった。皓介がそうしろと言ったからだ。

ことあるごとに、貴史は一緒《いっしょ》に住もうと言ってくる。だがしつこくはないのだ。景がやんわりと断れば、それ以上は食い下がって来ない。また日が変われば口にするけれども、あっさりとしているとは思う。

「それ……景が自分で買ったのか？」

貴史が急にコートを見ながら尋《たず》ねてきた。

買ってくれたのは皓介だ。一緒に行って買ってもらったのではなく、似合いそうだからといって渡《わた》されたのである。

だがそれを貴史に言うつもりはなかった。まだ他人の趣味《しゅみ》を着ているのかと思われたくなかったからだ。

「自分で買ったけど」

「ふぅん……そういうのが、好きなんだ？」

「そうだよ」

最初の返事は嘘だけれど、次は嘘じゃない。貴史に着せられていたときと違い、今は景の趣味にあっていた。皓介が買ってきてくれたものが嫌《いや》だったことは、今まで一度もなかったのだ。

貴史は実よりも名を取りたがったが、皓介は逆だ。まず質と着やすさを考え、その上でのデザインになる。そしてすべてをクリアしていれば価格は考えない人間だった。それが正しいかどうかはともかく、景の意見は聞いてくれるのである。

「どこの服？」

「これは……どこだったかな。忘れた」

答えられるはずもなくて、景は横を向いて外を見た。メーカーは覚えていない。そういえばタグがなかったから、オーダーなのかもしれない。

感情を隠《かく》すのは得意だけれど、こういう嘘《うそ》は苦手だ。裏付けるほどの知識がないからだった。

しばらく沈黙《ちんもく》が下りたあと、気がついたときには隣で貴史が何やらバッグの中を引っかきまわしていた。

「あれ……？」

小さく呟《つぶや》いてから、またひとしきりバッグの中をあさる。

「やっべー、忘れてきちゃった……」

「何を？」

「父さんに買って来いって頼《たの》まれたものがあってさ。あー、きっとクローゼットんとこだ。コート出そうとして……そうだよ。あんときだ」

「途中《とちゅう》で買えないのか？」

「無理無理。うーん……新幹線の時間まで余裕《よゆう》あるよな？　悪いけど、マンション寄ってもいいか？　ちょっとそれるくらいで戻《もど》るわけじゃないし」

貴史は顔の前で手を合わせ、景が何も言わないと見ると、すぐさま運転手に向かってマンションのある場所を告げた。

こういうところは相変わらずだ。しかしながら時間的に余裕はあるし、拒否《きょひ》する理由もそのつもりもないのは確かだった。

マンションの近くで車を止めさせると、貴史はバッグを摑《つか》んでエントランスに飛び込んでいった。

すぐに戻る、と言い残して。

だが――。

「遅《おそ》いねぇ」

すでに十分が経《た》っていたが、貴史が出てくる様子はなかった。いきさつは運転手も聞いていただろうから、不審《ふしん》に思うのは当然だ。

忘れ物を置いた場所は、わかっているはずなのだから。

「具合悪そうだったし、倒《たお》れてたりしないですよね？」

「ちょっと電話してみます」

貴史の携帯《けいたい》電話にかけてみるものの応答はなく、留守番電話サービスのガイダンスが流れるばかりだ。

何度かけてもだめだった。

貴史が出て行って、すでに十五分。

大したことはないと言っていたが、本当はずいぶんと無理をしていたのではないか。それで倒れてしまったのではないか……。

景は急にいても立ってもいられなくなった。

「あの、すみませんがここで下ります」

「待ってましょうか？　具合悪かったら、医者まで乗せていきますよ？」

「ありがとうございます。でも、とりあえず様子を見てきます。何か手間取っているだけかもしれないですし」

景は支払《しはら》いを済ませると、貴史のあとを追ってマンションに入った。初めて足を踏《ふ》み入れるわけだが、ここはオートロックではなく、玄関《げんかん》までは誰《だれ》でも入っていける造りである。

部屋番号はわかっていた。

エレベーターで六階まで上がり、玄関の前に立つ。

呼び鈴《りん》を押すが、反応はない。もう一度携帯電話にかけてみたが、やはり貴史が出てくることはなかった。家の電話にしても同じで、留守番電話になるだけだ。

景はドアノブに手を伸《の》ばし、試《ため》しにまわしてみた。

あっさりと、ノブがまわる。

そっと引いてドアを開けると、さっきまで貴史が履《は》いていたとおぼしき靴《くつ》が、無造作に脱《ぬ》ぎ捨てられていた。

「貴史？」

呼びかけてみても、いらえはなかった。

物音もしない。

どうしようかと迷い、景は中へ入った。

本当に、部屋のどこかで倒れているんじゃないだろうか……？

ドアを一つ一つ、開けていく。最初は物置代わりの部屋で、次がトイレ、それからバスルームへと続く、脱衣所《だついじょ》。

四つ目のドアを開けたとき、景はほっと安堵《あんど》の息をついた。

寝室《しんしつ》のベッドに貴史が座り込んでいた。景が呼びかけると、少し遅《おく》れて顔を上げたものの口は開かない。

「貴史……？」

言葉の代わりに大きな息を吐き出して、また下を向いた。

「やっぱり、つらいんだろ？　タクシー呼んで、医者に行こう」

電車には間に合わなくてもかまわないのだ。実家に電話を入れて、少し遅くなると言えば済むことだ。

だが貴史はかぶりを振った。

「いや……いいって」

「じゃ、とにかく寝《ね》たほうがいい」

「平気だよ」

景は貴史に近づいていき、少しためらいながら手を伸ばした。

その手が、いきなり摑まれた。

はっと息を飲んで反射的に手を引こうとしたが、強い力で摑まれてそれは叶《かな》わず、それどころか反対に引っ張り込まれてしまう。

「や……っ」

腕《うで》に抱《だ》き込まれ、景はもがいた。

体格差は歴然としている。五年前だってそれなりにあったが、今はさらに差がついていて圧《あっ》倒《とう》的に思えるほどだった。

力の差も、そうだ。

「景、け……いっ……」

「放せ……!」

きつく抱きしめられて、身体《からだ》が密着して、景にできることは相手の背中を叩《たた》くことぐらいだった。

きしむように身体が痛い。呼吸さえままならなくて、目の前がくらくらしてきた。

「好きなんだ」

耳元で、声が響《ひび》いた。

昔と同じ言い方で、あの頃《ころ》よりも少し低くなった声が、景に絡《から》みついてくる。

身体が震《ふる》えた。言われたくなかった言葉が、今こうして告げられている理由を、景は考えたくなかった。

「ずっと景のことだけ、好きだった……」

「っ……あ……」

問いかけたいのに、言葉にならない。喘《あえ》ぐような息にしかならなくて、景は服の上から貴史の背中に爪《つめ》を立てた。

コートを着た背中には、痛みもないだろうけれど。

「彼女がいるって言ったけど、あれは違《ちが》うんだ。ただのセフレっていうか……もっと、気楽な相手だし。まわりは付き合ってるって、思ってるけどな」

景が暴れていることなどまったく意に介《かい》さず、貴史は告白を続けている。今さらのように、自分の力のなさが悔《く》やまれた。

もつれ込むようにしてそのままベッドに倒れ、貴史は上から景を押さえ込んだ。

「後悔《こうかい》してる……。あのとき、無理に抱こうとしなきゃよかった」

「だ……ったら、放せ……っ」

後悔していると言いながら、どうしてまたこうして押さえつけているのだろうか。言っていることとやっていることが、まるでかみ合っていない。

「景がいなくなって、気が狂《くる》いそうだったよ……」

独白は、景からの言葉を期待しないものだ。どうして出て行ったのかを、貴史はまったく聞こうとしない。

「早すぎたんだ。俺も子供だったし、景も子供だった」

「え……？」

それは事実だったが、景が考えている意味とは違《ちが》うような気がした。

「もっと、じっくりいけばよかったんだ」

「そういう問題じゃない……！」

「けど、俺があのとき無理にしようとしたから逃《に》げたんだろ？　それまでは、上手《うま》くやってたじゃないか」

貴史の言うことは正しいようでいて、間違っている。

犯《おか》されそうになったことも理由の一つだが、それだけじゃない。もっと根本的な原因もあったのに。

わからないのだ。貴史には、それが理解できない。

悪いと思ってしていたことではないからだった。

「景がいなかったら生きてけない。今まで、景を見つけることを支えにしてきたんだよ。好きなんだ、俺のとこに帰って来いよ」

「そうじゃ……ないだろ……？」

貴史はそういう人間ではないはずだ。執着《しゅうちゃく》は本物だろうけれども、景が貴史の中心にあるわ

けじゃない。

逃げてしまったから、錯覚《さっかく》しているだけだ。貴史の認識《にんしき》では、景は自分に逆らわない意思のない相手だったのだから。そして逃げた人形が、彼の知らないところで知らない人間と共に生きていることに、納得《なっとく》できていないだけだ。

「俺がいてもいなくても関係ないはずだろ？　それくらい、自分でわかってるはずだ」

「……景、それ……つまり俺のこと拒絶《きょぜつ》してんの？」

「兄弟として会ったり話したりするのを、嫌《いや》だって言ってるんじゃない」

「それだけじゃだめなんだよ。俺がしたいのは、昔みたいに一緒《いっしょ》に暮らして、景のことといろいろやってあげて、それで……キスしたりセックスしたりしたいんじゃん。景だって、わかってんだろ？」

「それはできない」

きっぱりと返すと、貴史は意外そうに目を瞠《みは》った。

「どうして？　景がいなきゃ、だめだって言ってるじゃん」

「違うってこと知ってるくせに」

「違わない。景が俺のこと捨てるなら、俺どうなるかわかんないよ？　ヤケになって何かしでかすかもしれないし、死ぬかもしれない」

「脅《おど》かしたって、無駄《むだ》だよ。おまえがそういうタイプじゃないことは知ってる。おまえはそんなバカな真似《まね》はしない」

自分のためにも、絶対にしない。そんな確信があった。

昔の景だったなら、脅しに屈《くっ》していただろう。かつて他愛もない脅しに負けて、自分を曲げたことが何度もあったように。

だからきっと今度も、貴史は簡単に景が頷《うなず》くとでも思っていたのだろう。

「……変わったね」

「そうだよ。五年前とは違う」

「可愛《かわい》くなくなった。昔はもっと、素直《すなお》だったのにな」

「違うよ……」

景は自嘲《じちょう》に頰《ほお》を歪《ゆが》めた。

「何が？」

「あれは素直だったんじゃない。自分が出せなかっただけだ」

弱かったのだと、今ならば冷静にそう思える。貴史が唯一《ゆいいつ》の味方のような気がして、慕《した》ってくる貴史に嫌《きら》われたくなくて、なんでも言うことを聞いてしまった。最初はそうだった。それがいつの間にか、ノーと言えなくなってしまったのだ。

「それ、あの男のせいかよ？」

低く呻《うめ》くような声に、景ははっと息を飲む。

顔つきが変わっている。甘えるような弟の顔は消えてなくなり、獰猛《どうもう》な獣《けもの》みたいな顔が表れていた。

ぞくりと、背筋に震えが走る。

同じだ。あの頃、景に親しくしようとした友人に向けていた目だった。いや、今のほうがもっと感情的かもしれない。

「貴、史……」

「あの男に、やらせてるんだろ？　違う、とは言わせねーよ。契約《けいやく》社員とか言ってさ、ようするに囲われてんだろ？」

「違っ……」

「どう違うんだよ。部屋もらって、服も買ってもらって……愛人生活、ってやつじゃん。あいつで何人目？」

笑っているのに、目だけがそうじゃなかった。

おそらくは景だけが知っている、貴史の一面——。他《ほか》の人間には上手に隠《かく》し、母親にさえも気づかれてはいないだろう、顔。

「確か、阪崎……とか言ったっけ。景の死んだ親父《おやじ》の友達……あいつが、最初の男？」

「どうして、阪崎さんのこと……」

「ああ、やっぱそうなんだ？」

「違う！　阪崎さんは関係ないっ……」

「ふーん……まぁ、いいけどさ。初めてじゃないのはちょっと残念だけど、そのぶんいやらしい身体《からだ》になってそうだし、いいか」

ふいに押さえつける腕《うで》の力が緩《ゆる》み、景は無我夢中で彼を突《つ》き飛ばした。バランスを崩《くず》し、貴史がよろけると同時に、身体を起こして逃げ出した。

ベッドの上から抜《ぬ》け出した瞬間《しゅんかん》に、コートの襟《えり》に手がかかる。

がくん、と身体がのけぞった。

「逃がすかよ……！」

もがいているうちにコートが脱《ぬ》げかけて——いや、脱がされかけて、足を掬《すく》われ床《ゆか》に叩《たた》きつけられる。

袖《そで》に腕を取られていたせいでしたたか肩《かた》を打ち付け、痛みで動きが止まった。

「甘いなぁ」

くすくすと笑いながら、貴史は景を引き起こす。

そうしてコートを完全に脱がしてしまうと、放《ほう》り出すようにして景をベッドに戻《もど》した。

腕を取られて、頭上で一つにまとめられる。何をされようとしているのかがわかって、景は必死に暴れて抵抗《ていこう》した。

「嫌だ……っ！」

「本当はこんなことしたくなかったんだけど、景が言うこと聞かないんだから仕方ないよな」

手を括《くく》ったベルトが、ヘッドのところの格子《こうし》に固定される。

もがいても暴れても、手首に革が食い込むばかりで、どうにもならない。

夢で何度も見た、あの光景が脳裏《のうり》に蘇《よみがえ》る。部屋も違《ちが》うし、繋《つな》がれているのは首ではなく手だけれども、そうしているのが貴史であるのは同じだった。

あの夢のように、犯《おか》されるのだろうか。

景はガタガタと震《ふる》えながら、何度もかぶりを振《ふ》った。

「たまんない美人になったよな。ぞくぞくするくらい綺麗《きれい》だ」

貴史の手が頰を撫《な》でる。

官能の意味を含《ふく》んだ触《ふ》れ方が嫌でたまらなかった。

「メールで写真が送られてきたとき、身体が震えたよ。画像、荒《あら》かったけど、すぐにおまえだってわかった。友達もさ、男なのに信じられないくらい綺麗だって、興奮してたし……。五年前の、続きしような」

「やっ……」

上から押さえつけたまま顎《あご》を取って、貴史がくちづけてくる。力でこじ開けられた口の中に舌を入れられ、景はかぶりを振ろうとした。

だがそれすらも叶《かな》わず、貴史に口を嬲《なぶ》られた。

キスは長くは続かなかった。景の頑《かたくな》さに焦《じ》れたように。

貴史は小さく舌打ちして顔を離《はな》すと、景の腰《こし》のあたりにまたがったまま、じっと見つめ下ろしてきた。

「この服は……景に似合わねーよ。どうせ、あの男の趣味《しゅみ》だろ？　景が自分で服なんて選ぶはずねーもんな」

貴史は急に景の上から退《ど》くと、ベッドから離れてバッグを拾い上げ、中からチューブ式の入れものを取り出した。それから机の引き出しを開け、ハサミを手にする。

シャキシャキ、とハサミを動かして音を立てながら、貴史はゆっくりと戻ってきた。

目的は明確だ。景は貴史を睨《にら》み付けながら、自分を落ち着かせようと何度も深呼吸した。

「動くとケガするよ」

ニットの裾《すそ》から、ハサミが入れられていく。裁《た》ちバサミではないから、あまり切れはよくないが、それでもあっという間に、ニットは真ん中からばっさりと切られてしまった。

それから、左右の袖を開くように切っていった。

下に着ていたのは、襟のついた普通《ふつう》の白いシャツだ。

「ああ……これは、まぁまぁかな」

貴史はハサミを床下《ゆかした》に投げ捨てると、のし掛《か》かったままシャツのボタンを外し始めた。

「こんなこと……しても、意味なんてない」

抑《おさ》えようとしても、声が震えてしまう。犯されようとしているからなのか、相手が貴史だからなのか。

おそらくは、両方だ。

「あるに決まってるじゃん。だって俺は、ずっと景のこと抱《だ》きたかったんだし」

「犯せば。気がすむのか？」

「へぇ……」

シャツの前を開いて、貴史はしげしげと景の肌《はだ》を見つめた。

胸元を中心にして、皓介のつけた痕《あと》が散らばっているのだ。消えかけているものもあれば、昨晩つけられたばかりの新しいものもあった。

「ベタベタつけてるじゃん。やらしー眺《なが》めだな。ふーん……ご執心《しゅうしん》、てやつなんだ。ま、そうだろうな」

言いながら貴史は手を這《は》わせてきた。

「触《さわ》っ……な……」

ざわざわと、嫌悪《けんお》に鳥肌《とりはだ》が立つ。同じところを触られて反応しているのに、まったく感じ方が違《ちが》っていた。

「あの態度は、そうだよな。わざわざ下まで見送りに出て牽制《けんせい》してたし。冷静に見て、いい男じゃん。セックスも上手《うま》いの？」

揶揄《やゆ》するような質問には答えず、景はきつく目を閉じた。

冷静になれと、自らに言い聞かせて。

たとえ犯されてしまったとしても、このままということはないはずだ。実家に着いたら電話をすることになっているし、電話がなければ皓介が不審《ふしん》に思って、連絡《れんらく》を取ろうとするだろうから。

幸いここは貴史のマンションだ。いずれ、見つけ出してもらえる。

皓介以外に身体を許すのは、死ぬほど嫌《いや》だけれど——。

「俺も、けっこう上手いと思うよ？　男とやったこともあるしさ。景ほど綺麗な身体じゃなかったけどね」

首に顔を埋《うず》めて、貴史は耳元で囁《ささや》いた。

「ねぇ、いつもどんなふうにさせてるんだよ。ここが、景のいいとこってことだよね？」

キスマークのついたところに、貴史はキスをしていく。舌を這わせ、唇《くちびる》で吸い、軽く歯を当てる。

だが景は反応を示さなかった。

そうしようとしたわけじゃなく、本当に嫌悪以外のものを感じないのだ。

反応のない景に焦れたように、貴史は言った。

「おまえ、不感症《ふかんしょう》？」

にもわかったようだった。

「い……た……」

強く噛《か》まれて、びくりと身体が竦《すく》み上がる。だが快感がそうさせたわけじゃないのは、貴史にもわかったようだった。

さんざんしゃぶって、指先でいじったあとで、貴史は舌打ちした。

「いつもこうなわけ？」

「……」

「だとしたら、あいつも物好きだよな。人形みたいに無反応の相手、よくこんなに痕つくほどするよね。つまんないじゃん」

貴史は呆《あき》れた調子で笑って、ベッドサイドに腰かけた。

「俺はずっと、貴史に対して人形みたいだったよ」

だから景が反応をしないとしても、それをつまらないというのは今さらだ。もっとも景は、皓介の愛撫《あいぶ》には過敏《かびん》なほどに反応するのだけれど。

都合の悪いことは聞こえないのだというように、貴史は何も答えなかった。

そうして自分の携帯《けいたい》電話を取り出すと、ボタンを押していく。

たぶん貴史はわかっているのだ。だが認めようとしないだけだった。

「ああ、俺。急で悪いんだけど、頼《たの》みがあるんだ。今度、なんでもおごるからさ、こないだ買ったとか言ってたやつ、持ってきて。そうそう……アレ。うん、マンションにいるから大至急な。タクシーで来ていいよ」

ひどく楽しそうにそう言って貴史は電話を切った。

それから景を見て、目を細めた。

「友達が、アダルトショップでアヤシイの買ってさ。まだ使ったことないっていうけど、持って来てもらうことにしたから」

「い……やだ……」

「飲むやつじゃないよ。直接、塗《ぬ》るやつ。一応、俺も用意してたんだけど、これは普通のだからな」

貴史はバッグに入っていたチューブを手の中で弄《もてあそ》ぶ。

「そんなことして、何が楽しいんだ……？」

「楽しいに決まってるじゃん。すました綺麗な顔がさ、淫乱《いんらん》な顔になって、あんあん言ってよがってるとこ、見たいし。景って、そういうとこあるよな。メチャクチャにしてやりたくなるようなとこがさ。征服《せいふく》欲、刺激《しげき》するっていうか。そういう格好も、すげぇそそるし。ああ……そうだ……」

貴史は悪戯《いたずら》を思いついた子供のような顔をして立ち上がると、携帯電話を手にしたままベッドから少し離れた。

そうしてまた机のところへ行くと、カメラを手にしてこちらを振《ふ》り向いた。

「大丈夫《だいじょうぶ》。デジカメだし、誰《だれ》にも見せるつもりないよ」

シャッターを押す指が動いた。それから角度や距離《きょり》を変えて、何度もシャッターボタンが押された。

「なっ……やめ……」

景は顔を背《そむ》けて、ぎゅっと目を閉じる。

「それ、いい顔」

すぐ近くから顔をアップで撮影《さつえい》すると、貴史は一度カメラを置いて、景の履《は》いているジーンズに手をかけた。

「やめろ……っ」

させまいとして暴れる身体《からだ》からジーンズを剥《は》ぎ取ることは、そう簡単なことではない。けれども手の自由を奪《うば》われた景は、圧倒《あっとう》的に不利だった。

息が切れるほど抗《あらが》ったのに、結局は下着ごとジーンズを引き抜《ぬ》かれてしまう。

「いい格好だよな」

再びカメラが向けられる。

身を捩《よじ》って視線から逃《のが》れようとしたものの、それすらさせてもらえなかった。それどころか、無理矢理、膝《ひざ》を割って身体を入れられた。

脚《あし》が閉じられなくなる。

指が腿《もも》の内側から這い上がってきた。

「やっ……だ！」

「こんなとこまで、キスマークついてるじゃん」

腿の付け根あたりを指が這いまわり、最奥《さいおう》に触《ふ》れてはまた遠ざかる。

肌が震《ふる》えるのは拒絶《きょぜつ》以外ではありえなかった。

「もうバージンじゃないんだし、別に怖《こわ》いこともないだろ？　痛いことなんてしないよ。気持ちよくさせたいだけ」

宥《なだ》めるような言い方に、景はかぶりを振って拒絶した。

「犯されたって、貴史のものにはならない……」

「やってみなきゃ、わかんないだろ」

「ずっと、ここに閉じこめておくことなんてできないし……絶対に、帰ってみせるから……」

「帰るって、どこへ？　帰るなら、うちだろ？」

当然のように言われて、景はあらためて自覚する。

景にとって帰るところは皓介のところだった。それが景には当然のことなのだ。

黙《だま》って景はかぶりを振った。

「何、それ……」

「もう、違うんだ」

「まさか、あの男のところとか言うんじゃないよな?」

「そう……だよ」

「ふーん、上等じゃん」

貴史はチューブの中身を指先に出して、景の脚の間に持っていく。ひやりとした感触《かんしょく》に、景は大きく身体を震わせた。

最奥に触れた指が、ねっとりとしたものを塗りつけるようにして動く。

「とりあえず、これでやってみようか。ウシロ、ずいぶん慣れてそうだし?」

「い、や……っ……」

「でさ、そんなに入れ込んでる男なら、見せちゃおうかな。俺とやって気持ちよがってるとこ撮《と》って。ビデオもあるしさ。まぁ、あとで、だけど」

「最悪の趣味《しゅみ》だな」

低い声に、景は大きく目を瞠《みは》り、貴史は息を飲んだ。

寝室《しんしつ》のドアをくぐってきた皓介は、ゆっくりと近づいてきながら、さらに言った。

「俺も人のことは言えんが、おまえほどじゃない」

「あんた……」

「鍵《かぎ》はしっかりかけとくもんだ。でなきゃ、オートロックにでもしておくことだ。もちろん、次のチャンスはやらんが」

皓介の声音《こわね》は淡々《たんたん》としていたが、それが余計に内側の感情を教えてくれているような気がした。怒鳴《どな》るよりも凄《すご》むよりも、遥《はる》かに威圧感《いあつかん》があった。

大きな手が貴史の肩《かた》を摑《つか》む。

「さっさと、どけ」

「勝手に人の家に入って来ないでくださいよ。不法侵入《しんにゅう》で訴《うった》えますよ？」

「強姦《ごうかん》を未然に防ぐために、やむなくしたことだ。証拠《しょうこ》も、ここにあることだし？」

「あっ……」

皓介は貴史の手からカメラを取り上げた。

「預かるぞ。データを消したら返してやる」

そう言って、顎《あご》をしゃくった。まだ景の脚を開かせたままの貴史に、「どけ」と命令しているのだ。

だが貴史は皓介を睨《にら》み上げたまま、動こうとはしない。

皓介はそんな彼の襟首《えりくび》を、容赦《ようしゃ》ない力で摑み、締《し》め上げながら低く言った。

「殴《なぐ》られたいか？」

「傷害で……訴えるよ」

「かまわんぞ。証拠があるから、過剰《かじょう》防衛くらいで済むかもしれないしな。外聞が悪いのは、むしろおまえのほうじゃないのか？」

「……わかったよ……」

貴史はおとなしく、景の上から退《ど》いた。

がむしゃらに立ち向かっていかないのは、冷静に計算をしているからだ。

ここで皓介に暴力を振るっても、得は何もない。むしろ貴史の不利になるし、物理的に敵《かな》う相手じゃないのはわかるのだろう。

皓介は景の手首のベルトを外し、シャツをかき合わせる。

急に血が通い出した手が、じんと痺《しび》れ始めた。ベルトが当たっていた手首は、赤く擦《す》れ、鬱《うっ》血《けつ》もしている。

「どうして、ここがわかったわけ？」

「タクシー会社に問い合わせた。傘《かさ》を忘れた……と言ってな。俺は最初から、おまえを信用していなかったからな」

今日の天気では、傘の問い合わせも自然なことだったろう。

皓介の説明によれば、運転手は貴史の容態をとても気にしていて、逆に具合はどうかと尋《たず》ねてきたのだという。おかげで、東京駅に向かわなかったことがわかったというわけだった。

「悪ふざけにしちゃ、度がすぎてるんじゃないのか」

「ふざけてなんかいない」

「なお悪いな」

淡々と交《か》わされているかに思える会話だが、互《たが》いに恐《おそ》ろしいほど温度が低いのは確かだ。

景はベッドの脇《わき》で、小さくなって服を身に着けた。バラバラに切られてしまったニットだけはどうにもならなかったけれど。

「ずっと景を捜《さが》してたんだ」

「それで？」

「あんたなんかより、ずっと前から景のこと知ってて、好きだったんだ」

「早い遅《おそ》いの問題か？　まぁ、それで許れるなら、俺のほうに分はあるな」

「……え？」

貴史は怪訝《けげん》そうに皓介を見つめ返し、それから景へと視線を移した。説明を求めている顔だった。

「父親から聞いてないのか？　俺と景が会ったのは、十年前だ」

「そんなはず……」

貴史はまっすぐに景を見つめた。景が否定をするんじゃないかと、そう願っているような顔をしている。

だが景は頷《うなず》きながら、言った。

「そうだよ。十歳になる、ちょっと前だった」

「どこで……？」

「おまえには関係ないだろう。知りたかったら、父親に聞くといい」

皓介は貴史を見据《みす》えたまま、景に向かって手を差し出す。景は黙って立ち上がり、皓介のそばへと寄った。

自然に、腰《こし》を抱《だ》かれる。

景はほっと安堵《あんど》の息をついた。包み込んでくれる腕《うで》は、何よりも景を安心させてくれる。帰るべき場所に帰ったという気持ちにさせてくれるのだ。

だが一方で、向けられている視線を意識せずにはいられない。貴史の目がすがめられ、睨み付けてきているのがわかった。

「今度は、そいつの言いなりかよ。家飛び出してから、そうやって誰《だれ》かの言いなりになってたんだろ？　俺から逃《に》げ出しといて、そいつには脚開いてやらせてるくせに」

「そんなんじゃないっ……」

「自分の意思ってものがないんだよな。だから、近くにいるやつが決めてやらないとだめなんだ。俺がついててやらないと、景は何も決められなかったし」

「あれは……」

反論しようとして、できなかった。貴史の言うことは、少なくとも彼の視点からは間違《まちが》っていなかったからだ。

「なぁ、景を手なずけるの、簡単だっただろ」

ふいに嘲《あざけ》るような声になった。少し遅《おく》れて、景は今の言葉が自分ではなく皓介に向けられていたと悟《さと》った。

「何が言いたい？」

頭上で皓介の声が聞こえた。

「景は世間知らずでだまされやすいし、ちょっと強く言えば言うこと聞くから、あんたみたいな男には簡単だっただろうな、って言ったんだよ」

「貴史……っ」

「可愛《かわい》いだろ？　綺麗《きれい》で、なんでも言うこと聞いて、自分しかいないっていう相手は、たまんないよな。最高のアクセサリーじゃん？」

「言いたいことは、それだけか？」

皓介は溜《た》め息まじりに呟《つぶや》いて、やれやれと言わんばかりに視線を外した。

「どんなふうにやれば、そんなに上手《うま》くたぶらかせるのか教えてよ。セックス……じゃないよな、全然反応しないし」

「……そうなのか？」

皓介は思わず、と言ったように口の端《はし》を上げて景を見つめた。

いたたまれなくなって景は俯《うつむ》いた。そもそもこの手の会話は苦手なのに、第三者の前ではさらに嫌《いや》だった。まして、貴史なのだ。

「こんなに感じやすいやつも、そういないと思うが……?」

さらに身体《からだ》を密着させて、皓介は耳殻《じかく》に舌を寄せる。

「っ……」

びくり、と身を竦《すく》め、景は思わず上げそうになった声を必死にかみ殺した。

「聞かせてやればいい。相手の問題だってことを教えてやれ。なんだったら、今すぐここで見せてやろうか?」

「趣味《しゅみ》、悪い……」

本気じゃないことはわかっていたけれど、景は皓介にしか聞こえないような小さな声で抗議《こうぎ》した。

だが少しも反省する様子はなく、むしろ笑《え》みを含《ふく》んだ声がした。

「今さら、だな」

景に向けて言いながら、皓介の視線は貴史に向けられている。

ふん、と貴史は鼻を鳴らした。

「つまり……自分が上手いって言いたいわけ?」

「気持ちの問題だと言ってるんだ。景はおまえから逃げ出したし、今も拒絶《きょぜつ》した。その意味を考えてみるんだな」

「何、それ。説教? あんたには言われたくないよ。景みたいなやつ囲って、手なずけて、代

わりに身体好きにして言いなりにさせてるような……」

「貴史……！」

衝動《しょうどう》に突《つ》き動かされたことは、そう何度もあることではなかった。だが、今は自分を止められない。

皓介の腕をすり抜《ぬ》けて、気がつけば貴史の頬《ほお》を張っていた。

パン、という乾《かわ》いた音と、手のひらの痺れ。

生まれて初めて、人を叩《たた》いた。そう自覚したあとも後悔《こうかい》はなかった。それだけのことを貴史が言ったのだ。

「俺が何もできないのは事実だから、言われても仕方ないと思っている。でも、皓介さんを悪く言うな」

「け、い……」

貴史は叩かれた頬を手で押さえたまま、茫然《ぼうぜん》と景を見つめている。彼にとって、起こりえないことが起きたのだ。

息を吸って、吐《は》いて、景は言った。

「何かの交換《こうかん》条件でセックスしてるわけじゃない」

最初からすべてそうだったとは、けっして言えない。景はずっと皓介が好きだったけれど、皓介が愛する意味以外で景を抱いていた時期があったのは確かなのだ。

今はもちろん、確信している。疑ったこともなかった。

「俺が皓介さんに抱かれたいんだ。いろいろ依存《いぞん》してるのは確かだけど……でも、貴史のときとは違う。昔は確かにおまえの言うとおり、なんでも言いなりだったよ」

貴史は手を下ろしてふいと横を向くと、そのまま押し黙《だま》った。まるで聞こえていないかのように、眉《まゆ》一つ動かさない。

だが景はかまわず続けた。

「それに耐《た》えられなくなって、おまえのそばにいるのが怖《こわ》くなって逃げたんだ。逃げないで、ちゃんと立ち向かえばよかったって、今は思ってるけど……」

「本当は、わかってたんだろう？　景は家を出るくらい、はっきりとした意思があったんだ。おまえが認めようとしなかっただけでな」

皓介は落ちていたコートを拾い上げ、それを景の肩《かた》にかけた。

促《うなが》されるままに寝室《しんしつ》を出て行くときに、景は貴史を振《ふ》り返った。だが貴史はこちらを見ようともせずに、じっと壁《かべ》を睨《にら》んでいた。

叩いた頰は赤い。だが実際の痛み以上に、彼は衝撃《しょうげき》を受けていることだろう。

かけるべき言葉が見つからなくて、結局黙って部屋をあとにした。コートに袖《そで》を通してボタンを留めると、中はシャツ一枚でもさほど寒くない。

エレベーターを下りたところで、大学生ふうの青年とすれ違《ちが》った。

青年は景に気づくと驚《おどろ》いたような顔をしたが、こちらは足も止めずにエントランスを出て行った。

雨は小降りだったが、まだ降り続いていた。

マンションから少し離《はな》れた場所に止めてあった車に乗り込むと、景はほっと肩の力を抜いた。

皓介はエンジンをかけ、暖房《だんぼう》を強くした。

「さっきのは、弟の友達だろうな」

「そうだと思う。さっき電話で呼んでた……みたいだから」

おそらく、景の顔を写真で見たことがあったのだろう。昔の写真か、あるいは先日隠《かく》し撮《ど》りされたものか。

どちらにしても、彼が貴史に頼《たの》まれてやって来たのは確かだった。

走り出しながら皓介はさらに言った。

「友達を呼んで、どうするつもりだったんだ？」

「……さぁ」

「まさか、3Pでもするつもりだったとか？」

「ち、違っ……！」

二の句が継《つ》げなかった。まったく、なんてことを口走るのだろうか。想像するにも恐《おそ》ろしい話だ。

「おまえがいるのに、わざわざ友達を呼ぶからには理由があるはずだな。本来なら、出かけていて留守のはずなんだからな」

「あれは……」

言いかけて、はっと我に返った。ハンドルを握《にぎ》る皓介は前を見つめたまま口の端《はし》を上げた。誘導尋問《ゆうどうじんもん》だ。

「やっぱり知ってたな。ま、あの弟が、他《ほか》の人間におまえを触《さわ》らせるはずはないだろうとは思ってたがな」

「ずるい……」

「何をしにきたんだ？」

「言いたくない」

ふいと横を向くと、あっさりと皓介は「そうか」と呟いて、本当にそれきり何も聞いてこなくなった。

それからホテルに着くまでの間に、景は皓介に言われて実家へ電話をした。頭から抜け落ちていたが、今日は行かないことを知らせておかねばならなかったのだ。

10

ホテルの部屋に戻《もど》ったのは、ようやく十時半になろうかというところだった。

景がコートをクローゼットに入れてリビングへ戻ってくると、ちょうど電話を切った皓介は、ちょいちょいと指先で景を呼び寄せた。

少しの躊躇《ちゆうちよ》もなく、景は近づいてくる。

「さて、と」

「えっ……？」

ひょい、と肩に担《かつ》ぎ上げると、景はうろたえた様子で慌《あわ》てて皓介の服を掴《つか》んだ。不安定な体勢のせいもあるだろう。

そのまま歩いて運び、ダブルルームへと入った。ドアをくぐるときは、もちろん頭をぶつけないように留意した。

ベッドに下ろし、問いかけようとして開いた唇《くちびる》を塞《ふさ》ぐ。

驚愕《きようがく》は一瞬《いつしゆん》で、すぐに景はキスに応じてきた。

柔《やわ》らかな舌を存分に味わいながらも、皓介の頭の中はひどく冷静だった。

さっき見た光景が頭から離れない。開け放しのドアから聞こえてきた声を聞きながら部屋に踏《ふ》み込んだとき、景はほとんど全裸《ぜんら》に近い状態で縛《しば》られていた。

ほっそりとした脚《あし》の間には貴史がいて、その指が最奥《さいおう》に触《ふ》れているのがわかった。

頭の中が沸騰《ふっとう》していく感じと、逆に冷えていく感じが、同時にした。

景がいなかったら――貴史が仮にも景の弟でなかったら、後先を考えずに殴《なぐ》りつけていたことだろう。

けっして寛大《かんだい》ではない自分を、皓介は嫌《いや》というほど自覚している。

「っは…ぁ……」

皓介にしがみついたまま、景は夢中になって舌を絡《から》めてくる。

シャツではなく、ジーンズのボタンに指をかけたのは、やはりさっきの光景が焼き付いているせいだ。

ボタンを外し、ジッパーを下げる。

景は気づいた様子もなくキスに応じ、息を乱していた。

背中のほうから滑《すべ》らせるように手を入れ、いきなり最奥に触れると、びくん、と細い身体《からだ》が震《ふる》えた。

「っん……」

大きく目が見開かれる。

指先に、ねっとりとした感触《かんしょく》があった。

「や……皓介さん……っ」

「口を割らせないとな。ここも、いじられてたようだし」

「ぁあ……っ」

たやすく指が中へ入った。とりあえず内側には、クリームのようなものは残っていないようだが、それだけでは安心ではない。

「指を入れられたか？」

やわやわと内側の壁を撫《な》で、前後に動かす。粘着性《ねんちゃくせい》の音が、小さく聞こえてきた。

「っぁ……て……ない……っ」

「こんなに残ってるぞ」

「そこ……だけ……っ、中まで……触られて、ない……」

景は必死にかぶりを振った。

「他は？　反応しなかった……ってことは、しそうなところを愛撫《あいぶ》されたってことだな？」

喋《しゃべ》りながらも皓介は指を止めなかった。

もう一方の手で下肢《かし》に着けているものを剝《は》ぎ取って、すぐに指を増やして奥をまさぐる。

景の身体のことは、何から何まで知り尽《つ》くしている彼は、内側から景を狂《くる》わせる場所に、触れるか触れないかくらいの刺激《しげき》をずっと与《あた》え続けた。

「んっ…あ……やぁっ……」

シャツの上から、胸にしゃぶりついて、いつもより少し強く噛《か》んでやる。シャツの生地《きじ》の分、痛みはないはずだった。

押しつぶしたり舐《な》めたり、布越《ご》しの愛撫をたっぷりとしながら、ぐちゅぐちゅとわざと音を立てるように後ろをいじる。

「やぁ……っ、あ、あん…っ……ん……！」

甘い声が耳を打ち、皓介を余計に煽《あお》り立てた。

白いシャツのそこだけが唾液《だえき》で濡《ぬ》れて、薄《うす》い色をした乳首が透《す》けて見えている。たまらなく淫靡《いんび》な光景だった。

「それで、あの友達は何をしに来たんだ？」

「そ……な、ことより……仕事っ」

こんな時間から、こんなことをしている場合じゃないと、そう言いたいらしい。

皓介の出勤が昼近くからだとはいえ、今日は午後から来客があって、おかげで一緒《いっしょ》に行けないはずだったのだ。

「気にしなくていい」

「っん……で……」

「客が来るのは二時だ。さっき朝見に電話をして、部屋で会うことにしてもらった。懇意《こんい》にしている相手でな、初めてのことじゃない」

　だから、時間はたっぷりあるのだ。

　それに万が一ということもある。すぐに何かしてくるとは考えにくいが、貴史が行動を起こす可能性も考慮《こうりょ》に入れて、景を残して事務所へ行くことは避《さ》けたかった。

「身支度《みじたく》の時間をいれても、十分な時間があるな」

「でも……っ……」

　抗議《こうぎ》は聞いてやらなかった。

　言おうとした言葉を嬌声《きょうせい》に変えることなど、皓介には簡単なことだった。


　顔を見ながらするのが好きだと、皓介は言った。

　景もそうだった。顔を見ている余裕《よゆう》なんてないのだが、腕《うで》を伸《の》ばして抱《だ》きつくことができる体勢が、一番好きだった。

「あっ……あぁ……！　皓、介……さ……」

　じれったいほどゆっくりと中へ入ってきたときよりも、さらに皓介のものは質量感を増している。

　さんざん焦《じ》らされて、泣かされて、恥《はじ》も外聞もなく入れてほしいと懇願《こんがん》するまで身体中を愛撫されて、ようやく与えられたのだ。

入れてくれてからはすぐに動いてくれたけれど、皓介はほとんど服装を乱してはいない。もっとも景に、それを気にする余裕はなかった。

「ああぁ……っ！　そ、こ……だめっ……や、ぁ……！」

好きな角度で突《つ》き上げられて、もうおかしくなりそうだった。

張り出した先が、内側の一番いいところに当たっている——。擦《こす》られて、突かれて、快感に狂ってしまいそうになる。

涙《なみだ》で顔がぐしゃぐしゃだった。

泣きじゃくって、皓介にしがみついて、淫《みだ》らに腰《こし》を振《ふ》る。

身体を繋《つな》いでからすでに一度、景だけがイってしまっているのだ。なのにまた、絶頂感が近づいてきているのがわかる。

穿《うが》たれて、かきまわされて、気が遠くなるほど繰《く》り返されるその行為《こうい》を、もうやめてほしいと思い、同時にずっと続けてほしいと思った。

「あっ…ぁん、あんっ！」

とっくに溶《と》け出した身体は、とろとろになって、快感そのものになって皓介の五体に絡みついていく。

指先がシャツの上から、つんと尖《とが》った胸の粒《つぶ》をきゅっと摘《つま》んだ。

「ひぁっ……」

反射的に身体は皓介を締《し》め付ける。

息を詰《つ》める皓介の気配を、うっすらと感じた。

深いところで、熱く迸《ほとばし》ったものを受け止める。それを感じながら、景もまた甘い悲鳴を上げてシーツに沈《しず》んだ。

まだ息が整わないうちに、皓介が身体を離《はな》した。

「っぁ……ん……」

引き抜《ぬ》かれていく感触にぞくぞくする。

こんなささいなことにすら感じてしまう自分を、最初はおかしいんじゃないかと恥《は》じていたこともあったが、皓介がいいのだと言うから、今はさほど気にしていない。

直接、中で出されることもそうだ。人工的な膜《まく》を着けてしたこともあったけれど、景はどうにもそれが好きになれなかった。直《じか》にされるほうが好きだったし、皓介の精を受け止めることが好きなのだ。

それは心のどこかで、そのあとのことを期待しているせいかもしれない。

皓介の指が、胸に触れた。

「やっ、ぁ……」

電流が走ったように、身体は敏感《びんかん》に反応する。一部分だけ濡れたシャツは冷たく、肌《はだ》にまと

わりついてとても気持ち悪いのだが、間接的に触《さわ》られるのは、普段《ふだん》と違《ちが》う感覚をもたらして声が抑《おさ》えられなかった。

相手が皓介だから、かもしれないけれど。

たとえばキスもそうだ。

同じような行為だというのに、貴史のときとどうしてあんなにも感じ方が違うのか。いっそ不思議に思えるほど皓介とのキスは気持ちがいい。

今もそうだ。しっとりと重なってくるキスは、緩《ゆる》やかな水面を漂《ただよ》っているような心地よさと、身体《からだ》を熱くする激しさとの両方で、景を夢中にさせる。

「はぁ……」

ゆっくりと唇《くちびる》を離すと、皓介はようやく景のシャツを脱《ぬ》がした。

「そういや、まだ聞いてなかったな」

「何を……?」

「友達の訪問理由、だ」

まだ覚えていたのかと、景は溜《た》め息をついた。景のほうは、もうすっかり忘れてしまっていたのに。

だが今さら隠《かく》すつもりはなかった。どうせ大したことじゃないのだ。ただああいうときには言いにくかっただけだ。

「貴史が頼《たの》んだものを、持って来ただけ」

「頼んだ？」

「……塗《ぬ》る……ものだって……」

「ああ……なるほどな。催淫《さいいん》効果のあるものか」

景は黙《だま》って頷《うなず》いた。

「そんなものがなくても、十分なんだがな……」

「っん……」

するりと内股《うちまた》を撫《な》でられて、鼻にかかった声が漏《も》れる。

指先はたっぷりと予告をしてから、今まで皓介を飲み込んでいた場所へと潜《もぐ》り込んでいった。

「あ、あ……っ」

期待していた身体が、悦《よろこ》びに震《ふる》えた。中に出したあと、こうして皓介に「綺麗《きれい》にする」という理由で触られることを景は望んでいる。

否定できない事実だった。

「でも……支度、しないと……」

「まだ一時間以上ある。俺の二回目は、夜までお預けだがな」

「ん、ぁん……やぁ…っ」

びくびく、と身体が勝手に跳《は》ね上がる。シーツから背中が浮《う》いて、景は指先でシーツに幾筋《いくすじ》どと思い知った。皓介の目的は、「綺麗にすること」なんかではない。それを景は自分の身体で、嫌《いや》というほど思い知った。

かき出すための動きじゃないのだ。突いて、内壁《ないへき》を擦って、根本までねじ込んでぐるりとかきまわす。

「やっ……いや……ぁ……！」

快感を覚え込まされた身体は――皓介を受け入れることに慣れた身体は、指の動きを無視することができない。

たまらなく感じてしまった。

「あぁ……あ…いや……っ」

「いや、じゃないだろうが。いい、だろ？」

「だ、って……」

一時間以上も、また景だけを喘《あえ》がせる気なのだ。今、確かにそういう意味合いのことを口にした。

蠢《うごめ》く指の感触《かんしょく》に無意識にかぶりを振ると、皓介は鼻を鳴らして顔を覗《のぞ》き込んできた。

「よくないなら、今度使ってみようか？」

「な、に…を……？」

もの皺《しわ》を作った。

「催淫剤《さいいんざい》」

目を細めて笑うそれが本気だとは思えないが、絶対にないとも言い切れなくて、景は思わずまたかぶりを振った。

具体的に、それがどういうものかは知らない。使われたら、どうなるのかもわからない。けれど、何もしなくても狂《くる》ってしまいそうなほどの快感に泣かされているのだ。恐《おそ》ろしくてそれ以上のことなんて考えたくもなかった。

「そうすれば、もっとよくなるかもしれないぞ？」

「やっ……そこ…指……っ、だめ……」

内側からの、愛撫《あいぶ》が止まらない。

意地悪で残酷《ざんこく》で、けれども優《やさ》しい指が、景を泣かせるために動いている。まるで皓介そのものを示しているみたいに。

「あああっ……あ、あ——っ！」

愛《いと》しくて、仕方がない。

この指も唇も、声もしぐさも、何もかもがせつないほど好きで、ほしくてたまらなくて、だから何をされたってかまわないのだ。

——好き。

そう言ったつもりだったが、上手《うま》く声にならなかった。

けれど、皓介はまるでわかっているとでも言うように、笑《え》みを浮かべながら軽く唇をあわせてくる。

優しい色をした瞳《ひとみ》に、相変わらず意地悪な指はそぐわなかったけれど。

景は目を閉じて、狂おしい快楽の中に飲み込まれていった。


雨はすっかり止《や》んだらしい。

起きあがるのもおっくうなので、景はずっとベッドに入ったまま、窓の向こうが暗くなったのを見ていた。

ドアの向こうでは、皓介がやるべき仕事をこなしている。

来客はもう帰ったらしい。客を送り出したあとで、皓介がこちらに来て言ったのだから間違いはない。それからもときどき顔を見せては、景の好きな甘いものをベッドサイドに置いていったり、人をからかったりしていく。

夜に続きを、と言ったのが、本気なのか軽口なのかはわからなかった。

いつもならばとっくに仕事を終えている時間になっても、皓介は顔を見せない。だからといって、様子を見に行こうとも思わない。仕事の邪魔《じゃま》はしたくなかった。

ちらりと時計を見て、もうすぐ八時だなと思ったときに、リビングへと続くドアのノブがまわる音がした。本当は二重なのだが、客が帰ってすぐに皓介が一つを開け放し、こちらがわのドアだけを閉めたのだ。

「メシが届いたぞ」

「……頼んでたんだ？」

景はゆっくりと起きあがり、差し出されたバスローブに袖《そで》を通した。

「適当にな。デザートもあるから安心しろ」

「あ……ちょっと待ってて」

景はリビングを通り過ぎてツインルームに入ると、バッグの中から携帯《けいたい》電話を取り出した。着信あり、となっている。相手を確認《かくにん》すると、予想していた通り貴史だった。二度もかけてきていた。

「どうした？　弟か？」

「二回、入ってた」

景は嘆息《たんそく》して椅子《いす》に座ると、電話をテーブルの隅《すみ》に置いた。

かけ直す気にはなれなかった。どうしても用事があるのならば、また向こうからかけてくるだろう。

「ずっと考えてたんだけど」

「何をだ？　くだらんことじゃないだろうな」

「大事なことだよ。貴史が腹いせに、皓介さんに何かするかもしれない」

景が思っていたよりも貴史はずっと子供だった。だから、あっさりと手を引くか意地になるか、どちらかのような気がするのだ。

だから真剣《しんけん》に言ったのに、皓介は「ああ……」と気のない返事をした。そんなことか、とでも言わんばかりだった。

「大丈夫《だいじょうぶ》だ。何もできやしない。あいつが合法的にできる嫌がらせなんか、たかが知れてる。犯罪に踏《ふ》み込んで困るのはあっちだからな」

「それは……そうだけど」

「もし俺が同性愛者だと言いふらそうが、仕事にはさほど支障がない」

皓介の言うことを、景は曖昧《あいまい》に頷きながら聞いていた。

景は皓介の仕事の状況《じょうきょう》をすべて知っているわけじゃないが、皓介はその場を繕《つくろ》うための嘘《うそ》は言うまいから、ここは納得《なっとく》することに決めた。

貴史のことは引っかかったままだったが、食べないと怒《おこ》る人間がいるから、なんとか食事を口に入れた。

半分くらい、パスタの皿を減らしたときだった。

味気ない着信音が、ふいに鳴り響《ひび》いた。

景は液晶《えきしょう》を見て、皓介と目をあわせる。返事を期待したわけじゃなかったが、皓介は黙《だま》って頷《うなず》いた。

「……はい？」

一瞬《いっしゅん》の沈黙《ちんもく》があり、息を吸う気配が伝わってきた。

『俺……』

「うん……」

『父さんに電話したんだってな』

「うん」

相槌《あいづち》を打つくらいしかできない自分を情けなく思いながら、景はきつく電話を握《にぎ》りしめた。

『あのさ、俺……一緒《いっしょ》には行かないから。だから、実家行くときは一人で行きなよ。もう二十《はた》歳《ち》なんだしさ、俺がついてなくても平気だよな？』

唐突《とうとつ》な言葉に景は思わず眉根《まゆね》を寄せた。

「ああ……そうする、つもりだけど……」

『まぁ、そっちはそっちでしっかりやんなよ。相談したいことがあったら、乗るし。一応、兄弟なんだし』

「う、ん……」

これは一体、なんだろうか？

あんなやり方で景を犯《おか》そうとしたのは、今日の午前中のことだというのに、まるでそんなことなどなかったような態度だ。

やけにさばさばした口調だとか、独立を促《うなが》すような言い方にも理解が追いつかない。

それからふいに、貴史は黙り込んだ。

「貴史……？」

『あんなの、マジじゃねーし』

今度の言葉も突然《とつぜん》だった。

「え？」

『あの男にもさ、ちゃんとそう言っといて。俺が本気で五年もしつこくこだわってるわけないじゃん？ ちょっとしたおふざけだよ。景もさ、マジにすんなよな。じゃあな』

一方的に電話が切れた。

景は啞然《あぜん》として、すぐには次の行動に移れなかった。

「どうしたんだ？」

「あ……貴史が、実家へ行くときは一緒にいかないって……」

我に返った景は、それから貴史の言葉をなるべく忠実に聞かせた。自分一人では、理解できまいと思ったのだ。

聞き終わった皓介は、ふーんと鼻を鳴らし、納得した様子で頷いた。

「酸《す》っぱいぶどう……だな」

景はきょとんとしたものの、すぐにそれを思いついた。

「……イソップの？」

「ああ。似たようなものだろうが。まったく、小賢《こざか》しい子供だ」

皓介は小さく舌打ちし、グラスの中身をあおった。

食べられないから、あれはまずいのだと言う。手に入らないから、最初からほしくなかったのだと言う。

確かに、同じようなものかもしれない。

とても安い、プライドだ。だがそんな安いものでも、きっと貴史にとってはひどく大切なものなのだろう。

あるいは意志を強く見せる景は、貴史にとって必要のないものだったのかもしれない。

「貴史は、言いなりになる人形がほしかったんじゃないかな」

「そうかもしれないな」

「でも、よかった……。これでもう、俺のことは放《ほう》っておいてくれるだろうし」

ほっと息をつく景に対して、皓介は険しい顔をしたままだった。それどころか、大げさなほどの溜《た》め息までついた。

視線で問いかけると、皓介はグラスを置いて、心持ち身を乗り出してきた。

「どうして、そう思えるんだ？」

「え、だって……俺にはもう興味がなさそうな感じだし……。酸っぱいぶどうだって、皓介さんが言ったんだろ？」

「二度とおまえに手を出さないと決まったわけじゃない。それに、もしこっちを安心させる演技だったら、どうする？」

「そういう感じじゃなかった」

これはもう、直接聞いた景でなくてはわかるまい。今まで貴史と対峙《たいじ》していたときに覚えた違和感《いわかん》は、まったくなかったのだ。

あれは本心だろう。景はそう確信していた。

しかし皓介には、無理のようだった。

「いいか、油断するな。警戒《けいかい》しろ」

「……わかった」

溜め息まじりに返したのが気に入らなかったのか、皓介の表情は相変わらずだ。ひどく不満そうだった。

だから思わず笑ってしまった。

「心配性《しょう》なんだ？」

「うるさい」

「それより、皓介さんの都合のいいときに、実家につきあってほしいんだけど。顔は出さなくてもいいから」

一人で行ってもいいのだけれど、皓介が一緒に行くと言い出すことは目に見えていた。だったら最初から、と思ったのだ。

景のほうから誘《さそ》ったせいか、皓介の気分も少しは浮上《ふじょう》したようだ。あからさまに表情が変わっていた。

「週末は避けたほうがいいんだったな」

「そう」

「土曜日にどこかに泊《と》まって、日曜の午後にでも顔を出すか、月曜日に休みを取って行くか、だな。休むとなると、すぐには無理だが……」

「いつでもいいよ」

義母がいようといまいと、かまわなかった。今はすんなりとそう思える。

「なるべく早く都合をつける。泊まりは、この間のところでもいいか？」

「え……」

「どうした。気に入らなかったか？」

「そうじゃなくて……」

景は口ごもりながら視線を皓介から外す。

気に入らなかったわけじゃない。部屋も風呂《ふろ》も、サービスも料理も、すべてよかったと思っている。

けれども、また行くのは恥《は》ずかしいのだ。

旅館の人たちは、きっと自分たちを覚えているだろう。布団《ふとん》の不自然な乱れはチェックアウトする前に直したのだが、ごまかせたわけではないと思う。

「できれば別のところがいい。それで、頼《たの》みがあるんだけど……」

景はちらりと上目遣《うわめづか》いに皓介を見て、続けた。

「旅館でするのは、やめよう」

「なるほど……そういうことか」

皓介は意味ありげに笑うと、立ち上がってテーブルをまわり込んできた。そしていきなり景を椅子《いす》から掬《すく》い上げ、そのままソファに座った。

少し前とは打って変わって、やけに機嫌《きげん》がよさそうだ。

「いい加減に開き直ったらどうだ？」

「皓介さんは、するほうだからいいけど……」

「そいつは仕方ないな。譲《ゆず》れないラインだ。その分、サービスしてるだろうが」

言いながら皓介は脚《あし》を撫《な》でてくる。目的を持っているのではなく、多分にからかっている触《ふ》れ方だった。

「そういう問題じゃない」

「とにかく、さっさと割り切れ。ここも旅館も同じだろうが。それとも、阪崎さんのところへ行くたびに、一つずつ旅館を替《か》えてみるか？　そのうち制覇《せいは》できるかもしれんな」

「それは、さすがにちょっと……」

「冷静に考えて記憶《きおく》に残りやすいだろうしな、地元で有名に……」

「わ、わかったからっ……」

　景は早々に白旗を揚《あ》げた。しょせん勝てるわけがないのだ。あらためて景は思い知らされて、諦《あきら》めと共に受け入れる。

　だが意思を抑《おさ》えて、そうするんじゃない。

　受け入れるのは、自分がそうしたいからだ。皓介は景の意思を殺したりはしないから、仕方がないという形を取って承知することには、むしろ充足《じゅうそく》感を覚えた。

「堂々としていればいい」

「……一応、努力する……」

　無理なような気もするが、そのうち慣れるという可能性も少しはある。思いこめば、いつか本当になると、以前どこかで聞いたことがあるから——。

「了解《りょうかい》を得たところで、とりあえずは昼間の続きだな」

「えっ……」

「忘れてるなら、思い出させてやる」

皓介の手が、バスローブの紐《ひも》を解《ほど》いていく。

冗談《じょうだん》ではなかったのだ。

「……日付、変わる前に寝《ね》かせてほしいんだけど」

「努力する」

当てにならない言葉を聞きながら、景は目を閉じて、身体中で皓介を受け止めた。

あとがき

どうもこんにちは、きたざわ尋子《じんこ》と申します。

皓介《こうすけ》と景の話の二冊目です。相変わらず、おこもり系……とでも言いますか、ほとんどホテルの中で展開していく話になっております。あ、でも今回はちょっと何カ所かお外へも出てますけど。

で、作中に出てきた温泉のモデルになったのは、以前行ったお宿です。本当は伊豆《いず》にあるんですが、どう考えても作中ではもっと寒いところですね。いや、そこはお料理も美味《おい》しく、お部屋（海が見える露天《ろてん》付き離《はな》れ二階建て）もとても素敵《すてき》で、良いお宿だったのですが、その後、予約が取れない超人気《ちょうにんき》宿になってしまいました。残念。しかも値上がりした（笑）。というわけで、いろいろ探しております。

相変わらず、仕事する分と同じだけ遊んでもいます（笑）。ご飯食べに行ったり旅行したりお芝居《しばい》観《み》たりスポーツ観戦しに行ったり……。おかげで一年が早くて仕方ありません……もうそろそろ今年も終わるんですね……あああ……。

まぁそれはともかく、前回から引っ張った弟も登場いたしまして、いろいろありましたが、こんな感じに収まりました。

それにしましても、今回の表紙も綺麗《きれい》です、色っぽいです！　ありがとうございます。陸裕《りくゆう》千景子《ちかこ》様には今回も本文イラストをたくさん描《えが》いていただきました。ラフの時点から、うっとりでした。絡《から》みばかりで恐縮《きょうしゅく》ですが……。

で、表紙ですが、前作と並べていただきますと、色の対比がまたとても素敵ですので、皆様《みなさま》ぜひ並べてみてくださいねー。

あ、それでですね、前作の『ひそやかな微熱』がドラマCDになるのだそうです。ありがたいことでございます。発売は年が明けて三月末にムービックさんからだそうですので、ぜひぜひ興味おありの方はお買い求めください。ブックレットにショートストーリーが入るそうです。って人ごとのように言ってますが、私が書きます、はい。

それでは、次回はまた別のお話でお会いしましょう。

どうもありがとうございました。

きたざわ尋子

KADOKAWA RUBY BUNKO

終《お》わらない微熱《びねつ》
きたざわ尋子《じんこ》

角川ルビー文庫 R80-6　13173

平成15年12月1日　初版発行

発行者――井上伸一郎
発行所――株式会社角川書店
東京都千代田区富士見2-13-3
電話/編集(03)3238-8697
営業(03)3238-8521
〒102-8177　振替00130-9-195208
印刷所――暁印刷　製本所――コオトブックライン
装幀者――鈴木洋介

ISBN4-04-446206-2　C0193　定価はカバーに明記してあります。

KADOKAWA RUBY BUNKO

角川ルビー文庫

いつも「ルビー文庫」を
ご愛読いただきありがとうございます。
今回の作品はいかがでしたか？
ぜひ、ご感想をお寄せください。

〈ファンレターのあて先〉

〒102-8177 東京都千代田区富士見2-13-3
角川書店 アニメ・コミック編集部気付
「きたざわ尋子先生」係

沢城利穂
原案/つたえゆず
好きなものは好きだからしょうがない!!
FIRST LIMIT
転落事故に記憶喪失、そしてユーレイ…
男子校にはヒミツがいっぱい!?
©2000 プラチナれーべる/SOFTPAL Inc.
イラスト/つたえゆず

ルビー文庫
沢城利穂
原案/つたえゆず
ようやく同居（同棲？）しはじめた真一朗と七海。
しかし真一朗の兄が、突然現れて!?
好きなものは
好きだから
しょうがない!!
番外編
――タリナイコトバ――

沢城利穂
原案/つたえゆず

正式に「学園なんでも屋」として
活動することになった、空たち。
だが偽の空が現れ…!?

イラスト/つたえゆず

ルビー文庫

好きなものは
好きだから
しょうがない!!
・RAIN・
上
下

第5回

角川ルビー小説賞原稿大募集

大賞　正賞のトロフィーならびに副賞の100万円と応募原稿出版時の印税

【募集作品】
男の子同士の恋愛をテーマにした作品で、明るくさわやかなもの。
ただし、未発表のものに限ります。受賞作はルビー文庫で刊行いたします。

【応募資格】
男女、年齢は問いませんが商業誌デビューしていない新人に限ります。

【原稿枚数】
400字詰め原稿用紙、200枚以上300枚以内

【応募締切】
2004年3月31日(当日消印有効)

【発表】
2004年9月(予定)

【審査員】(敬称略、順不同)
吉原理恵子、斑鳩サハラ、沖麻実也

【応募の際の注意事項】
規定違反の作品は審査の対象となりません。

■原稿のはじめに表紙を付けて、以下の2項目を記入してください。
①　作品タイトル(フリガナ)
②　ペンネーム(フリガナ)

■1200文字程度(原稿用紙3枚)の梗概を添付してください。

■梗概の次のページに以下の7項目を記入してください。
①　作品タイトル(フリガナ)
②　ペンネーム(フリガナ)
③　氏名(フリガナ)
④　郵便番号、住所(フリガナ)
⑤　電話番号、メールアドレス
⑥　年齢
⑦　略歴

■原稿には通し番号を入れ、右上をひもでとじてください。
(選考中に原稿のコピーを取るので、ホチキスなどの外しにくいとじ方は絶対にしないでください)

■鉛筆書きは不可。

■ワープロ原稿可。1枚に20字×20行(縦書)の仕様にすること。ただし、400字詰め原稿用紙にワープロ印刷は不可。感熱紙は字が読めなくなるので使用しないこと。

・同じ作品による他の文学賞の二重応募は認められません。
・入選作の出版権、映像権、その他一切の権利は角川書店に帰属します。
・応募原稿は返却いたしません。必要な方はコピーを取ってからご応募ください。

原稿の送り先
〒102−8078　東京都千代田区富士見2−13−3
(株)角川書店アニメ・コミック事業部「角川ルビー小説賞」係